KB263762

한 수필가의
짧은 이야기

한 수필가의 짧은 이야기

정진권 지음

수필과비평사

이 책을 읽으시는 분들께

머리말을 대신하여

이 책은 '한 수필가의 짧은 이야기'라는 제목으로 ≪수필과비평≫에 연재했던(2003.5·6~2005.3·4) 글들을 거두어 엮은 것이다. 다소의 예외는 있지만 거의 모두가 3매 내외의 짧은 글이다. 이 글들 중에는 처음부터 짧은 글로 쓴 것도 있고 이미 발표한 내 수필에서 발췌 재구성한 것도 있다. 끝에 붙인 '우리 옛 수필隨筆 읽기'는 이 책을 편집하는 과정에서 추가한 것이다.

이 책은 모두 13장으로 되어 있다. 이 가운데

유년幼年을 위한 산문散文은 우리 어린이들이 읽었으면 해서 쓴 것이다. 이른바 동수필童隨筆이다. 나는 이 글들을 쓰면서 늘 우리 어린이들의 좋은 성장成長을 빌어 마지않았다.

소년少年의 장章은 내가 어렸을 때 보고 듣고 겪고 느끼고 생각한 것들을 기록한 것이다. 아둔한 나도 그 무렵에 삶과 사랑에 눈을 떴던 모양이다. 아랫집 순이 누나도 그립고 곡마단의 그 소녀들도 그립다. 어떻게들 살까?

어떤 자화상自畵像은 내가 그린 내 모습이다. 그려놓고 보니 좀 창피한 데도 있다. 그러나 잘 꾸며서 달리 그리면 그것은 이미 내 자화상일 수는 없을 것이다. 삶은 부실不實했지만 큰 악의惡意는 품은 일 없으니 그저 고마울 뿐이다.

사계四季**의 뜰**은 철 따라 바뀌는 우리 집 작은 뜰의 모습을 그린 것이다. 물론 내 감상感想도 덧붙였다. 그 감상이라는 것은 자연自然을 바라보면서 인사人事를 생각한 것들이다.

단어單語**에 관한 단상**斷想은 말 그대로 어떤 특정 단어에 대한 내 단편적斷片的인 생각을 말해 본 것이다. 그런데 그 생각이라는 것이 너무 주관적主觀的이고 비약飛躍이 심해서 다른 분들의 공감共感을 얻기는 어려울 것 같다.

음식飮食**에 관하여**는 막걸리나 소주 같은 술, 곱삶이나 해장국 같은 서민庶民의 음식飮食, 그리고 흰떡 송편 같은 떡에 관한 내 체험을 기록한 것이다. 이제 이 글을 쓰자니 돼지머리고기 푸짐하게 썰어 놓고 소주 한잔 했으면 싶다.

사람론論은 지금까지 내가 겪은 이런저런 사람들의 몇 모습을 그려본 것이다. 그들 중에는 그리운 사람도 있고 보통 사람도 있고 잘 이해가 안 가는 좀 이상한 사람도 있다.

우화寓話 **또는 고사**故事 **읽기**는 중국中國의 우화와 고사 몇 편을 가려 엮은 것이다. 이 가운데 우화 중에는 우화 아닌 것이 두 편 들어 있다. 양해를 바란다. 물론 이것도 단순히 그 이야기를 소개하는 데 그치지 않고 글 끝에 몇 마디 덧붙였다. 그런데 지금 다시 읽어 보니 그 덧붙인 바가 여간 삐딱하지가 않다.

사라진 것들은 가령 삿갓이나 장죽長竹, 다듬이 소리나 전차電車 같은, 지금은 거의 모두 사라지고 없는 것들에 대한 내 추억追憶을 기록한 것이다. 다 어려운 시절의 불편한 것들이지만, 그래도 그리움은 향수鄕愁처럼 내 가슴에 남아 있다.

사는 이야기는 내가 사는 이야기, 남이 사는 이야기, 우리 함께 살아가는 이런저런 이야기들을 모은 것이다. 특별한 이야기도 아니어서 버릴까도 했으나 그래도 아까워서 싣는다.

우리 한시漢詩 **읽기**는 내가 평소에 좋아하는 우리 한시 몇 편을 번역하고 거기 내 감상을 덧붙인 것이다. 물론 한문漢文도 시詩도 잘 모르기 때문에 오역誤譯 내지 오독誤讀하는 일도 많겠지만, 그래도 나는 우리 한시를 읽는 것이 늘 즐겁다.

우리 옛시 읽기 역시 내가 평소에 좋아하는 우리 옛시鄕歌, 高麗歌謠, 時調 몇 편을 가려 뽑고 거기 내 감상을 덧붙인 것이다. 나는 늘 우리 옛시의 부활復活을 빈다. 제 나라의 옛 문학을 어쩌면 이렇게도 냉대할까? 좀 안타깝다.

끝으로 **우리 옛 수필**隨筆 **읽기**는 졸저 ≪한국고전 수필선韓國古典隨筆選(범우사)≫에서 몇 편 가려 뽑은 것이다. 원문原文과 주석註釋이 필요한 분들은 이 책을 참고하기 바란다.

나는 이 글들을 연재하면서 이따금, 젊고 유능한 수필가들도 지면을 얻기가 쉽지 않은데 부실한 이야기를 가지고 내가 너무 오래 그들의 앞길을 막고 있는 것은 아닌가 하는 생각을 했다.

그런데 ≪수필과비평≫사에서는 또 이 부실한 이야기들을 책으로 엮자고 한다. 나는 당연히 사양해야 할 일인데 참 염치없이 그러자고 했다. 읽으시는 분들의 질정叱正을 바란다.

끝으로 ≪수필과비평≫사 여러분의 후의厚誼에 감사를 표한다. 특히 서정환 사장과 유인실 편집장의 과분한 배려는 잊을 수가 없다. ≪수필과비평≫의 무궁한 발전과 이 잡지를 사랑하는 모든 분들의 행운을 빈다.

2005년 10월

지은이

어떤 자화상自畫像

사계四季의 뜰

사라진 것들

사는 이야기

우리 한시漢詩 읽기

우리 옛시 읽기

우리 옛 수필隨筆 읽기

철이와 돌이, 그리고 순이

철이의 눈사람

하얀 눈이 펑펑 쏟아집니다.

철이가 눈사람을 만듭니다. 눈덩이를 굴려 눈사람을 만듭니다.

눈, 눈썹, 코, 입도 다 붙였습니다. 바둑이도 좋아서 꼬리를 칩니다.

그런데 걱정이 생겼습니다.

"엄마눈사람을 만들까, 아빠눈사람을 만들까? 누구 눈사람을
만들지?"

엄마가 짜 주신 털장갑을 보면 엄마눈사람이 만들고 싶습니다.

아빠가 사 주신 털모자를 보면 아빠눈사람이 만들고 싶습니다.

"옳지, 됐다."

철이는 아빠의 밀짚모자를 가져다 씌웠습니다. 그리고 엄마의
헌 치마를 가져다 입혔습니다.

– 1986

별들의 세상

밤하늘을 봅니다.

푸른 별들이 초롱초롱 빛납니다. 귀여운 우리 아기의 두 눈같이 맑습니다.

푸른 별들이 옹기종기 모여 앉았습니다. 저녁 식탁에 둘러앉은 우리 가족처럼 정답습니다.

유성이 하나 휙 지나갑니다. 엄마 심부름 하기 싫어 밖으로 쏜살같이 달아나는 돌이 녀석이 꼭 저렇지 않을까요?

별들의 세상도 사람 사는 세상 같습니다.

– 1986

얄미운 시계

"삐익삐익, 삐익삐익."

아침입니다. 시계가 돌이를 깨웁니다. 어서 일어나 세수하고 밥 먹고 학교 가라구요. 하지만 돌이는 일어나기가 싫습니다. 꼭 10분만 더 자고 싶은걸요. 시계가 왜 이렇게 빨리 갈까? 돌이는 빨리 가는 시계가 참 얄밉습니다.

"째애깍, 째애깍."

저녁입니다. 돌이는 자꾸만 시계를 바라봅니다.

7시, 7시 5분, 7시 7분, 7시 8분, 아빠가 돌아오시려면 한 시간
은 더 있어야 합니다. 시계가 왜 이렇게 더디 갈까? 돌이는 더디
가는 시계가 참 얄밉습니다.

- 1989

순이네 전등

저녁이 되면 순이는 전등을 켭니다. 안방에 둘, 마루에 셋, 현
관에 하나, 집안이 환하라고 전등을 다 켭니다. 순이는 환한 밤이
좋습니다.

순이가 전등을 켜면 엄마는 전등을 끕니다. 안방에 하나, 마루
에 하나, 이렇게 둘만 남기고는 모두 끕니다. 그리고는 순이에게
야단을 칩니다.

엄마도 순이만 했을 때는 있는 대로 전등을 다 켰습니다. 환한
밤이 좋아서요. 그리고는 할머니한테 야단을 맞았습니다.

자, 그럼 먼 훗날 순이가 엄마가 되면 어떻게 할까요? 지금처
럼 환한 밤이 좋아 다 켤까요? 아닐 거예요. 엄마들은 누구든지
전등을 끄니까요.

- 1989

눈 오는 날

"야, 신난다!"

돌이네 골목에 눈이 펑펑 쏟아집니다. 돌이는 신이 나서 뛰어 다닙니다. 꼬마들이 모여듭니다.

"이것 참, 큰일이군."

돌이네 연탄 가게 앞에도 눈이 펑펑 쏟아집니다. 돌이 아빠는 걱정을 하며 연탄을 싣습니다.

"야, 신난다!"

"이것 참, 큰일이군!"

똑같은 눈인데….

- 1989

돌이네 뜰

우리, 돌이네 뜰에 한번 가 볼까요?

"삐악삐악, 삐악삐악."

저 감나무 밑 좀 보셔요. 노란 병아리들이 엄마에게 말을 배우 는군요. 참 재미있어 보이지요?

"지지위지, 지지위지."

아, 저건 처마 밑 아녀요? 아기 제비들이 엄마하고 시를 외는

군요. 참 신나는 모양이지요?

"째재재쨱, 째재재쨱."

저 대추나무 위도 좀 보셔요. 참새네 식구들이 모여 앉아 이야기를 나누는군요. 참 즐거운가 봐요.

"삐악삐악, 지지위지, 째재재쨱."

돌이네 뜰에는 서로 다른 여러 소리들이 함께 들립니다. 그래서 늘 아기자기합니다. 그러나 그 중 어느 한 소리도 다른 소리를 방해하지 않습니다. 그래서 늘 평화롭습니다.

– 1989

하늘과 땅의 이런 저런 일들

열쇠와 자물쇠

열쇠가 자물쇠에게 말했습니다.

"나 없으면 넌 아무 소용도 없게 돼. 잠기지도 풀리지도 못하니까. 그럼 어떻게 되지? 제 구실을 못하게 되는 것은 다 버려지고 말아. 이젠 내 말 알아듣겠니?"

자물쇠는 기분이 나빴지만 할 말이 없었습니다.

그 뒤로 오랜 세월이 흘렀습니다. 열쇠는 아직도 반짝반짝 빛났지만, 자물쇠는 낡아서 더는 못쓰게 되었습니다. 주인은 자물쇠를 버렸습니다.

그리고는

"그럼 이것도 필요 없지."

하고 열쇠도 함께 버렸습니다. 열쇠는 퍽도 억울했지만 할 말이 없었습니다.

- 1989

바위의 걱정

늦가을의 산입니다.
억새가 서걱서걱 바람과 속삭입니다.
바위가 억새에게 말했습니다.
"애야, 좀 묵직해 보렴. 그렇게 수다를 떨어서야 원."
도토리가 뚝 떨어져서 떼굴떼굴 구릅니다.
바위가 도토리에게 말했습니다.
"애야, 좀 묵직해 보렴. 그렇게 가볍게 돌아다녀서야, 원."
억새와 도토리는 이런 바위가 싫습니다.
"자기만 닮으면 제일인가? 말도 마음대로 못 하게 해."
"자기만 닮으면 제일인가? 놀러도 마음대로 못 다니게 해."
수다스러우면 남이 믿지 않는데, 가볍게 돌아다니면 나쁜 물이 들기 쉬운데, 바위는 날마다 걱정입니다. 아빠들처럼, 엄마들처럼.

소나무와 진달래

소나무가 진달래에게 말했습니다.

"너는, 꽃은 그냥 괜찮지만, 가을이 되면 가지만 앙상하게 남으니 그거 어디 볼품이 있니?"

진달래가 코방귀를 킁 뀌며 말했습니다.

"너는, 사철 푸르기는 하지만, 봄에 피우는 그 꽃이라는 것이 어디 눈에 띄기나 하니?"

소나무는 기분이 나빴습니다. 그래 이런 저런 생각에 잠도 제대로 자지 못했습니다.

이튿날입니다. 소나무가 다시 진달래에게 말했습니다.

"네가 봄에 피우는 그 연분홍 꽃은 그렇게 아름다울 수가 없어."

"아름답긴 뭘. 눈서리에도 지지 않는 너의 그 푸른 잎새야말로 그렇게 미더울 수가 없지."

소나무는 기분이 좋았습니다. 어제는 왜 그렇게 기분이 나빴는지, 오늘은 왜 이렇게 기분이 좋은지, 소나무는 잘 알게 되었습니다.

- 1989

달

　하늘에 달이 뜨면 우물에도 달이 뜹니다. 우물에 환히 뜬 달은 여간 아름답질 않습니다. 여러분은 혹 그런 달을 보신 일이 있나요?

　옛날에 스님 한 분이 있었습니다. 어느 달 밝은 밤이었지요. 스님은 물병을 들고 우물엘 갔습니다. 맑은 우물물 위에 달이 환히 떠 있었습니다.

　스님은 그 달이 하도 가지고 싶어서 물병에다 물과 함께 길었습니다. 그리고 방으로 돌아왔습니다. 돌아와 물병을 기울여 보니 달은 간데없고 물만 쏟아졌습니다.

　맑은 우물에 환히 뜬 달은 여간 아름답질 않습니다. 그러나 우물에 뜬 달은 아무리 아름다워도 진짜 달은 아닙니다. 진짜 달은 하늘에 있습니다.

- 1990

슬픈 반달

가을밤이 깊었습니다.
나는 전등을 끄고 자리에 누웠습니다.
창 밖, 높은 하늘에 반달이 떠 있습니다.

우수수 낙엽 구르는 소리가 들립니다.
구름도 별도 보이지 않습니다.
혼자 떠 있는 반달이 너무 외로워 보입니다.

나는 눈을 감았습니다.
하지만 춥고 외로운 반달 때문에 잠이 오질 않습니다.
밤은 자꾸 깊어 가는데.

- 1986

빛깔들의 합창

우리 집의 작은 뜰입니다. 밝은 햇볕 속에 잔디가 파랗습니다. 노란 개나리도 환히 피었습니다. 빨간 채송화, 하얀 딸기꽃, 모두 햇볕 속에 환합니다. 아, 연분홍 모과꽃은 좀 수줍은가 봐요. 푸른 잎새 속에 숨어서 얼굴만 조금 내보입니다. 모두 모두 다정한 표정들입니다.

빛깔들의 합창입니다. 갖가지 빛깔들의 아름다운 목소리가 뜰 하나 가득히 차서 넘칩니다. 지휘자는 하얀 나비 한 마리, 하늘하늘 춤을 추며 지휘를 합니다. 바둑이가 신기한 듯, 춤추는 지휘자를 바라보며 빛깔들의 합창을 조용히 듣습니다. 정말 평화로운 광경입니다.

우리 집의 작은 뜰엔 목소리가 서로 다른 여러 빛깔들이 함께 삽니다. 그러나 어느 누구도 내 목소리를 닮으라고 말하는 일이 없습니다. 목소리가 서로 달라야 아름다운 합창을 빚어낼 수 있으니까요. 물론 제 목소리만 크게 내는 일도 없습니다. 그러면 합창이 깨지겠지요.

- 1990

해님과 달님

어느 날 해님과 달님이 만났습니다.
"안녕하세요, 해님?"
"안녕하세요, 달님?"
"해님은 참 좋으시겠어요."
"왜요?"
"나는 캄캄한 밤하늘에 늘 혼자 떠 있는데, 해님은 밝은 낮에 떠 아름다운 꽃도 보고 새들의 고운 노래도 듣고, 얼마나 좋으세요."
달님은 해님이 정말 부러웠습니다. 그때 해님이 웃으면서 말했습니다.
"예, 참 좋아요. 그렇지만 달님은 아름다운 동무들이 많잖아요? 큰 별, 작은 별, 모두 얼마나 아름다운 동무들이어요?"

“아 참, 그렇군요. 내가 그걸 깜빡 잊었네.”

달님은 아름다운 동무들을 잊고 해님을 부러워한 것이 좀 부끄러웠습니다.

- 1999

삶의 기쁨과 슬픔

고추

나는 꽃과 잎과 열매가 있습니다.

꽃은 하얀데 너무 작아서 사람의 눈에 잘 띄지 않습니다. 잎도 다른 풀이나 나무에 비해서 퍽 작은 편입니다. 그러니 자랑할 것이 없습니다.

그러나 열매만은 남에게 지고 싶지 않습니다.

나의 열매는 사람의 손가락만 한 푸른 시절부터 매운 기운을 품기 시작합니다. 무더위와 소나기 속에 그것은 더 자라고 더 매워집니다. 그리고 마침내 가을이 되면 아주 빨갛게 익어 여간 맵지가 않습니다.

나는 남 보기에는 별로 눈에 띄는 것은 없으나 이런 빛나는 나의 가을이 있습니다. 그러므로 언제나 즐거운 마음으로 무더위와 소나기를 이겨 낼 수 있습니다.

- 1986

자장면 이야기

나는 자장면이 좋다.

우선 그 맛이 좋다. 고춧가루도 좀 치고, 식초도 두어 방울 떨어뜨리고, 소독저를 쪽 갈라 이리저리 휘휘 친친 감아서 먹는 맛이란 참 희한하다.

자장면은 또 그 먹는 분위기가 좋다. 천천히 오물오물하시는 할머니, 연신 돌이 녀석의 입을 닦으시는 엄마, 고량주 한 잔 손에 드신 아빠, 얼굴마다 미소가 환히 핀다.

나는 자장면이 좋다.

- 1999

세탁기

식구가 많은 집은 빨랫감도 많다. 우리 집이 그렇다. 그런데 그 많은 빨래를 엄마 혼자 거의 다 하신다. 엄마가 빨래하시는 걸 볼 때마다 우리도 세탁기 한 대 있었으면 하는 생각을 하고 또 했다. 얼마나 팔이 아프실까?

그런데 오늘 저녁 때 아빠가 세탁기를 한 대 사오셨다. 엄마는 반가워는 하시면서도

"세탁기는 무얼 하러 사오셨어요?"

했다. 아빠는 별 말씀 없이 세탁기를 광에다 놓으셨다. 광에는 전기도 있고 수도도 있다. 세탁기를 놓기에 제일 좋은 곳이다.

저녁을 먹고 숙제를 하다가 머리가 좀 아파서 마당엘 나갔다. 그런데 광에 불이 켜져 있었다. 가 보았다. 엄마 혼자 세탁기를 돌렸다 멈추었다고 하고 계셨다. 내가 온 줄도 모르셨다.

엄마는 저 세탁기가 얼마나 가지고 싶으셨을까?

그 동안 세탁기를 못 사 주신 아빠는 또 얼마나 마음이 아프셨을까?

나는 공연히 눈물이 났다.

- 1999

지하철에서

오늘 아침 지하철에서 겪은 일이다.

모처럼 자리를 잡고 앉아 두 정거장을 갔다. 그런데 어떤 할머니 한 분이 타시더니 내 앞으로 오셨다. 나는 아무 말 없이 일어섰다. 그러자 한 청년이 금방 내가 일어선 자리에 털썩 앉았다.

나는 좀 어이가 없어 그에게 말했다.

"이 할머니 앉으시라고 일어섰는데요."

순간 청년은 깜짝 놀라 일어나서 할머니에게 자리를 권했다. 그리고 나에게 말했다.

"내가 그만 딴 생각에 정신이 팔려 못 보았구나. 정말 미안하게 됐다."

그는 정말로 미안해 했다. 그때 자리에 앉으신 할머니가 말씀하셨다.

"고맙고 미안하오. 공부하고 일할 사람들이 앉아 가야 하는 건데."

나는 그 청년과 할머니가 다 좋았다. 서서 가면서도 상쾌한 기분이었다.

- 1999

은하수

나는 하늘에 사는 작은 별이어요. 어젯밤은 칠월칠석, 은하수에 나가 보았어요. 은하수가 여전히 맑게 흐르고 있었어요.

땅에 사는 까마귀와 까치들이 모두 모여 서로 몸을 이어서 다리를 놓았어요. 여러분은 칠월칠석에 까마귀와 까치를 보신 일이 있나요? 모두 은하수에 모였으니 못 보셨을 거예요. 아니, 보셨다구요? 아, 그건 몸이 아파서 다리를 놓을 수 없는 까마귀와 까치들이어요.

이윽고 우리 동무 별들이 가장 밝고 푸르게 빛날 때였어요. 은하수 이쪽에서 초조하게 기다리던 견우 도령님의 두 눈이 빛났어요. 순간, 도령님은 벌떡 일어났어요. 그리고는 천천히 손을 흔들며 바람에 날리듯 다리를 향해 갔어요. 바로 그때, 다리 저쪽에선 직녀 아씨가 너울너울 손을 흔들며 다가오고 있었어요.

견우 도령님과 직녀 아가씨는 서로 사랑하는 사이여요. 하지만 둘 사이에는 은하수가 가로놓여서 만날 수가 없어요. 사랑하면서도 못 만나는 안타까움, 까마귀와 까치들은 둘이 너무 가엾어서 일년에 한 번, 이렇게 다리를 놓아 준대요. 두 번만 놓아 주어도 그 안타까움이 조금은 덜할 텐데.

마침내 견우 도령님과 직녀 아씨는 다리 위에서 서로 얼싸안았어요. 긴 긴 일 년을 기다리다 만나는 둘의 마음은 얼마나 기쁠까요? 하지만 머잖아 새벽이어요. 새벽이 되면, 까마귀와 까치들이 흩어져 땅으로 돌아가기 전에 둘은 또 헤어져야 해요. 안타깝게 바라보며 헤어지는 둘의 마음은 또 얼마나 슬플까요? 눈물이 비 오듯이 흘렀어요.

맑은 물이 흐르는 은하수는 참 아름다운 곳이어요. 하지만 삶의 기쁨과 슬픔이 늘 함께 있는 것은 여느 곳과 다름이 없나 봐요.

- 1990

멧새가 한 말

바람과 해가 만났다.

"해님, 안녕하십니까?"

"아, 바람님이이시군요. 어딜 그렇게 가십니까?"

"그냥 심심해서 나와 봤습니다."

"실은 저도 심심해서…."

옛날에 이솝이라는 사람이 있었다. 그는 이 심심한 바람과 해에게 힘겨루기를 시켰다. 다 아는 바와 같이 그 겨루기는 저 산 아래로 지나가는 나그네의 외투 벗기기였다.

먼저 바람이 나서서 불어댔다. 그러나 나그네의 외투는 벗겨지지 않았다. 아니, 바람이 세차면 세찰수록 나그네는 외투 깃을 더 꼭꼭 여미었다. 바람은 기진맥진해서 물러났다. 돌을 날리고 큰 나무도 쓰러뜨리는 그였지만 나그네의 외투는 벗길 수가 없었다.

다음은 해가 나서서 볕발을 쏘아 보냈다. 어느덧 나그네의 이마에 땀이 송글송글 솟았다. 등에도 땀이 났다. 마침내 나그네는 외투를 벗어 들었다. 힘겨루기에서 이긴 해는 바람을 바라보며 자랑스럽게 웃었다.

멧새 한 마리가 있었다. 그는 소나무의 높은 가지에 앉아 처음부터 끝까지 바람과 해의 그 힘겨루기를 지켜보았다.

멧새가 소나무에게 속삭였다.

“바람님은 참 바보네요. 외투 깃을 더 꼭꼭 여미게 하는 힘겨루기를 했더라면 이길 수 있었을 텐데. 해님도 좀 우스워요. 이기도록 짜여진 겨루기에서 이겨 놓고 무에 그리 좋을까?”

소나무는 이 말을 듣고 빙긋이 웃었다.

- 1996

나팔꽃

나는 연녹색 가는 덩굴에 핀 나팔꽃입니다. 나팔꽃은 그대로 나팔입니다. 그러나 소리는 낼 수가 없습니다.

오늘 아침의 일입니다. 저 아래 어느 마을에서 흥겨운 트럼펫 소리가 들려왔습니다. 무슨 축제가 있었나 봅니다. 그 소리는 큰 기쁨을 전하는 즐거운 음악이었습니다.

“아, 나도 사람들이 부는 저런 나팔이었으면 얼마나 좋을까?”

나는 트럼펫이 부러웠습니다. 그때 내 옆에 있던 잎새가 조용히 물었습니다.

“왜 사람들이 부는 나팔이었으면 하니?”

나도 조용히 말했습니다.

“소리를 낼 수 있으니까. 그래서 이 세상 어디든지 기쁨을 전할 수 있으니까. 그렇지 않니?”

“그래 맞아. 이 세상 어디든지 큰 기쁨을 전할 수 있어. 그런데,

그런데 말이야. 사람들이 부는 나팔이 꼭 기쁨만 전하는 게 아니야. 큰 슬픔을 전해야 할 때도 많은걸."

"뭐라구?"

나는 갑자기 머리가 띵해져서 눈을 감았습니다. 잎새가 한 손으로 내 이마를 짚으며 다시 도란도란 말을 이었습니다.

"세상에는 기쁨만 있는 게 아니야. 슬픔도 있어. 그러니까 기쁨을 전하는 기쁨을 맛보려면 슬픔을 전하는 슬픔도 견뎌야 해."

"싫어. 슬픔을 전하는 건 싫어."

"그것이 사람들이 부는 나팔의 운명인걸."

잠시 시간이 흘렀습니다. 나는 내가 소리를 낼 수 없어서 슬픔을 전하지 않아도 된다는 것에 적이 마음이 놓였습니다.

- 1999

빗방울

빗방울은 구름의 아들입니다. 구름은 포근한 가슴으로 빗방울을 길렀습니다. 그러나 빗방울은 그런 엄마의 가슴이 답답했습니다. 어느 날 빗방울은 마침내 엄마 몰래 엄마의 품을 떠났습니다.

엄마의 품을 떠난 빗방울은 가볍게 하늘을 날았습니다. 기분이 상쾌했습니다. 멀리 푸른 숲이 보였습니다. 처음 보는 푸른 숲은 너무도 신기했습니다. 그래 신나게 재잘거리며 그 숲 속 제일 높은 나무 위에 사뿐히 내려앉았습니다.

숲 속은 참으로 아름다운 세상이었습니다. 희고 붉은 꽃들이 어울려 피어 있었습니다. 향기도 은은했습니다. 골짜기에선 파란 시냇물이 돌돌 소리 내며 흐르고 있었습니다. 소리도 맑았습니다. 은은한 꽃향기, 맑은 물소리, 빗방울은 정말 즐거웠습니다.

이윽고 밤이 되었습니다. 푸른 숲은 어둠 속에 묻히고 어디선가 짐승 우는 소리가 컹컹 멀리 들려왔습니다. 빗방울은 그 아름답기만 하던 숲 속이 갑자기 무서워졌습니다. 문득 엄마 생각이 났습니다. 그래 소리쳤습니다.

"엄마아, 엄마 어디 있어?"

그러나 엄마를 찾는 빗방울의 안타까운 목소리는 텅 빈 밤하늘만 헛되이 울렸습니다. 빗방울은 엄마에게 날아오르려고 안간힘을 썼지만, 그러나 끝내 꼼짝도 할 수가 없었습니다.

내일 아침 붉은 태양이 이글거리며 솟아오르면, 빗방울은 그 뜨거운 열기에 몸이 가벼워져 다시 엄마에게 날아오를 수 있을까요? 그러나 설령 그렇다고 하더라도 우리 어린 빗방울이 짐승 우는 이 무서운 밤을 혼자 어떻게 지낼까요? 착한 우리 어린이 여러분, 오늘 밤은 우리 다 빗방울과 함께 지내요, 네?

- 1999

사지 못한 인형

오늘은 내 동생 돌이의 세 번째 생일이다. 학교에서 돌아오는 길에 돌이의 생일 선물을 사려고 시장엘 들렀다.

예쁜 인형이 하나 있었다. 누이면 눈을 감고 앉히면 눈을 뜨는 아주 깜찍한 인형이다. 흰 블라우스와 빨간 스커트, 까만 가죽 구두도 그렇게 잘 어울릴 수가 없다. 그러나 나는 겨우 양말 한 켤레밖에 살 수가 없었다.

양말 한 켤레를 사 들고 나는 한참 그 인형을 바라보았다. 그 인형을 가지고 노는 돌이의 모습이 자꾸만 눈에 어렸다.

발이 잘 떨어지지 않았다.

- 1999

더벅머리, 그리고 초동樵童

장수의 공깃돌

더벅머리 다섯 살이 자라던 그 마을 앞산에는 큰 바윗돌이 몇 개 박혀 있었다. 요 얼마 전에 그리로 고속도로가 났다는데 지금도 그대로 있는지 모르겠다. 할머니는 장죽長竹으로 그 바윗돌을 가리키며 옛날에 장수들이 공기 놀던 돌이라 하셨다.

"저렇게 큰 바위로?"

"그럼. 장수들은 힘이 셌으니까."

더벅머리 다섯 살은 갑자기 힘이 솟았다. 장수가 되어 한번 소리를 지르면 마을 앞산보다 더 큰 산도 바르르 떨 것만 같았다.

"나도 어서 커서 장수가 되었으면…"

장수가 되면 우선 사람 홀려다 간 빼 먹는 뒷골 백년 묵은 불여우부터 때려잡으리라 했다.

"그럼, 그럼. 되고말고."

할머니는 고개를 끄덕이며 장죽을 터셨다.

그 마을 더벅머리들에게 장수의 꿈을 심어 주던 그 바윗돌들,
고속도로도 그건 피해 갔을 것이다.   - 2002

호롱불과 세숫물

밤이 되면 더벅머리 다섯 살은 호롱불이 갑갑했다. 그래 호롱
하나를 더 찾아다 켰다. 그러면 어머니가 깜짝 놀라셨다.

"한 방에 불 둘 켜면 귀신 들어온단다."

더벅머리 다섯 살은 불 하나를 껐다. 녀석은 귀신이 있다고 믿
었다.

겨울 아침에 세수를 하려면 어머니는 가마솥에 데운 물을 반
바가지밖에 안 주셨다. 더벅머리 다섯 살은 더 달라고 떼를 썼다.
그러면 어머니가 조용히 말씀하셨다.

"이승에서 세숫물 많이 쓴 사람은 저승에 가서 그 물 다 먹어야
한다더라."

더벅머리 다섯 살은 할 수 없이 그 적은 물로 세수를 했다. 녀
석은 저승이 있다고 믿었다.

그러면서 다섯 살 더벅머리는 어느덧 자라 물과 불을 아끼는
어른이 되었다.   - 2002

순이 누나

　무더운 여름날, 소년이 소를 몰고 마을로 돌아오는 석양이었다. 안산 밑 샘에서 아랫집 순이 누나 혼자 물을 긷고 있었다. 소년을 보더니 잔잔히 웃으며 손짓을 했다.

　"더운데 물 한 모금 먹고 가."

　소년은 물바가지를 받으면서 저도 모르게 순이 누나의 삼베적삼 봉긋한 곳을 흘깃 보았다. 그리고는 얼른 고개를 돌렸다. 누가 본 것 같아서 얼굴이 화끈거렸다.

　그날 밤 소년은 마당에 깔아 놓은 멍석 위에 혼자 누웠다. 모깃불 타는 냄새가 매캐했다. 하늘을 우러렀다. 맑고 푸른 별빛이 소나기처럼 쏟아지고 있었다.

　"어서 커서 순이 누나랑 살았으면…"

　소년은 또 얼굴이 화끈했다.

　별빛은 여전히 푸르고 맑았다.

- 2002

몽실몽실

마을에 점심 연기가 보얗게 피어오를 무렵이면, 소년은 풋나무를 한짐 해 지고 또래들과 줄을 지어 산을 내려왔다. 모두 땀범벅이었다.

산을 다 내려오면 맑고 찬 냇물이 기다리고 있었다. 또래들은 냇가에 나뭇지게를 쪼르란히 세우고는 벌거벗고 그 냇물로 뛰어들었다. 푸푸 얼굴 한번 씻고 두 손으로 그 물 움켜 벌떡벌떡 들이마시면 살 것 같았다. 그쯤 될 때면 어떤 녀석이든 노래 한가락 불렀다. 수없이 부른 그 노래.

오동나무 열매는 딸각딸각,
큰애기 젖가슴은 몽실몽실.

녀석들은 누구든 다 "딸각딸각"은 아주 구성지게 넘기지만 "몽실몽실"을 부르다가는 공연히 킬킬거렸다. 그러면서 제 사타구니가 뻐근해지는 것을 느꼈다. 몽실몽실이 어떻게 생긴 걸까?

소년은 아랫집 순이 누나를 생각하고는 아무도 모르게 얼굴을 붉혔다.

- 2002

사라진 모습들

분이 별, 삼돌이 별

별을 보면 고향이 그립다.

별은 하늘에도 뜨고 샘물에도 떴다. 밤물 길어가는 분이의 물동이에도 떴다. 물동이를 이고 가다 멀리 성황당을 바라보는 분이의 두 눈에도 별은 와 떴다.

성황당 너머엔 냇물이 흐른다. 장에 갔다 늦게 돌아오는 삼돌이가 바지 걷고 건너는 그 냇물에도 별은 떴다. 지게에는 고등어 한 손이 달랑거리는데 댕기 한 감 몰래 끊어 품은 삼돌이의 가슴에는 분이의 서글서글한 두 눈이 별이 되어 와 떴다.

그날 밤, 반딧불이 흩나는 연자방앗간에 마을 아이들의 웃음소리도 다 사라지고 나면, 그 어둑한 지붕 위에도 푸른 별 두 개가 똑똑 떴을 것이다. 분이 별, 삼돌이 별.

별을 보면 고향이 그립다.

- 2002

불볕과 소나기

소년의 옛 마을 그 여름날.

구름 한 조각 바람 한 점 없는 불볕 하늘이다. 밭 가의 감나무 잎새는 미동微動도 않고 돌무더기 호박잎은 축축 늘어진다. 하늘과 땅이 온통 불길 속이다. 소 몰고 콩밭 타는 점돌이의 얼굴이 온통 땀범벅이다.

"사람 죽겠네."

그때 어디선가 먹구름이 모여든다. 갑자기 소나기가 퍼붓는다. 감나무 잎새는 빗속에 통통거리고 호박잎은 다시 생기를 찾아 너울거린다. 산과 들이 온통 소나기로 부옇다. 소 몰고 콩밭 타는 점돌이의 맥고자에도 빗방울이 튄다.

"살 것 같네."

불볕만 있고 소나기가 없었다면 어찌 살았을까?

소년의 옛 마을 그 여름날.

- 2002

울력하던 밤

소년의 옛 마을에는 울력이라는 것이 있었다.

가을걷이(추수) 때였다. 놉 얻어 벼 벤 논에 볏단은 쌓여 있는데 일손 없는 밤실양반네는 그걸 집으로 져 나르지 못했다.(그때는 집에서 타작을 했다.) 그러면 삼돌이, 점돌이 아저씨를 비롯한 마을 장정들이 저녁 먹고 지게를 지고 나와 그 볏단들을 져 날라 주었다. 이것이 울력이다. 노랫가락 흥얼거리며 한 지게 두 지게 지다 보면, 어느새 논은 비고 집 안에는 볏단이 그득이 쌓였다.

그러면 밤실양반네도 그냥 있질 않았다. 국수도 삶아 내고 막걸리도 걸렀다. 윗집 분이 누나와 아랫집 순이 누나가 함께 와 바쁜 밤실댁을 거들었다. 삼돌이, 점돌이 아저씨들이 한잔 죽 들이켜고 바라본 안산 검은 숲 위에는 조각달 하나가 푸르게 걸려 있었다.

그날 밤 국수 한 젓가락 얻어먹은 소년은, 세상에는 서로 도우며 사는 아름다운 풍속이 있다는 것을 알게 되었다.

– 2002

사랑방

소년의 큰댁에선 늘 사랑방을 썼다. 보얗게 매흙질한 사면 벽, 헝겊으로 기운 낡은 돗자리, 가늘게 금간 질화로, 가물거리는 등잔불, 그 사랑방은 이런 것들로 구성되어 있었다.

사랑꾼들은 그 방에서 새끼도 꼬고 짚신도 삼았다. 갑자기 웃음소리를 터뜨리기도 했다. 더러는 목청 좋은 본동양반이 춘향전春香傳도 읽었다. 큰어머니는 가끔 도토리묵을 밤참으로 내가셨다.

사랑꾼이 늦도록 있는 밤에는 꼭 제삿밥이 왔다. 그러면 할머니가 소년을 깨우셨다. 소년은 자다 말고 나가 한술 얻어먹고 들어왔다. 그때 먼 밤하늘엔 푸른 별들이 초롱초롱 빛나고 있었다.

그 사랑방은 마을의 의회議會였다. 공동 우물 치는 일, 가뭄에 기우제 지내는 일, 일손 없는 집에 울력해 주는 일, 마을의 크고 작은 일들이 다 거기에 보고되고 거기서 논의되었다.

함께 사는 모습들, 그 사랑방.

– 2002

네 이놈

"네 이놈." 일곱 살 꼬마들이 골목에서 싸우거나 벼락스럽게 장난을 치면, 지나가던 어른들이 이렇게 야단을 쳤다. 뉘 집 아이든 가리지 않았다. 그러면 꼬마들은 싸움을 그치고 장난을 멈추었다. 이 말에는 어린이들이 착하게 자라기를 바라는 마을 어른들의 두터운 애정이 배어 있었다.

"네 이놈." 열일곱 젊은애들이 어른을 보고 인사를 안하면, 제 어른들을 불경스럽게 대하면, 지나가던 어른들이 이렇게 꾸짖었다. 뉘 집 자식이든 가리지 않았다. 그러면 젊은애들은 인사를 바로하고 남의 눈이 무서워서라도 제 어른들에게 순종을 했다. 이 말에는 질서는 지켜져야 한다는 마을 어른들의 확고한 신념이 깔려 있었다.

"네 이놈." 지금은 사라진 그리운 말씀.

– 2002

남면南面어른

소년의 옛 마을에 호랑이 할아버지 한 분이 있었다. 그분은 택호宅號를 남면어른이라고 했다. 남면어른은 어렸을 때 글을 배우지 못했다. 집안이 퍽 가난했다고 한다. 그러나 말言語이 이치에 맞아 늘 힘찼다. 타성他姓바지도 다 자기 집안의 큰 어른처럼 그분을 모셨다.

남면어른은 인근 여러 마을에서 제일가는 부자였다. 좋은 논,

좋은 밭, 좋은 산은 다 그분의 소유였다. 자기 땅이 아니면 밟지 않는다고 했다. 그러나 썩은 새끼 한 동강이라도 눈에 띄면 반드시 주워다 두엄에 던졌다.

남면어른의 집은 마을의 맨 위쪽에 있었다. 새벽이 되면 그 어른의 큰 기침 소리가 마을 아래쪽까지 들렸다. 그 아드님도 며느님도 머슴들도 다 그 기침 소리에 잠을 깼다. 그 어른 앞에서는 아무도 게으름을 피울 수가 없었다.

어느 여름의 일이다. 도시에 나가 중학교(지금의 고등학교)에 다니는 남면어른의 손자가 방학이라고 집엘 오면서 축음기 한 대를 가져온 일이 있다. 손자는 한낮에 마을 청년 몇 사람을 사랑에 모아 놓고 그 축음기를 틀었다. 마을 청년들에게 있어서 그것은 참 신통한 물건이었을 것이다. 그러나 며칠이 못 가서 박살이 났다. 남면어른이,

"이 일 바쁜 날에 소리나 듣고 앉았어? 이게 집안 망할 징조 아니고 무에냐?"

하고 괭이로 때려부순 것이다.

마을 사람들은 가령 땅을 사거나 혼사婚事를 정하거나 하는 일이 생기면 꼭 남면어른을 찾아뵈었다. 그러면 남면어른은 이것저것 알아보고는,

"괜찮겠네."

"그거 안하는 게 좋겠네."

했다. 남면어른을 찾아뵌 사람들은 이 한마디를 마치 결정적인

것으로 믿는 듯했다.

자, 이제는 그 마을의 벼 푸르게 자라는 들을 한번 떠올려 보자. 그러면 삿갓 쓰고 장죽 물고 살포 짚고 흰 수염 날리며 서 있는 남면어른을 그려볼 수 있을 것이다. 들에서 일하는 마을 사람들은 그 어른이 거기 그렇게 서 있는 것만으로도 늘 마음이 든든했다. 인근 여러 마을 사람들도 지나다 남면어른이 거기 그렇게 서 있으면 두 손을 앞에 모으고 허리를 굽혀 인사를 드렸다. 그들도 든든한 마음으로 가던 길을 갔을 것이다.

지금은 어른이 없는 세상, 그리운 할아버지 남면어른.

- 2002

삶과 사랑에 눈을 뜰 때

장발장

일제 말년, 국민학교(지금의 초등학교) 4학년이던 우리 반 꼬마들은 하루하루가 고달팠다. 거의 매일을 밭매기, 감자캐기, 풀베기, 솔뿌리캐기 등, 이른바 근로봉사라는 것에 동원되었던 것이다. 너무 힘들고 배가 고팠다.

점심시간이 되면, 꼬마들은 나무 그늘에 모여 앉아 마파람에게 눈 감추듯 도시락을 비우고는, 언제 해가 져서 집엘 가나 하고 힘없이 앉아 있었다. 그러던 어느 날 선생님이 이야기를 시작하셨다. 하루에 10분씩.

고달픈 우리 꼬마들에게 큰 위안이 되었던 그 이야기는 장발장의 슬픈 인생. 가엾은 코제트 이야기를 들으면서 눈물을 훔치기도 하고 독사 같은 자베르 형사가 나오면 증오에 떨기도 했다.

그러면서 우리 꼬마들은 고달픔을 잊었다.

우리는 그 이야기를 들으면서 간접적으로나마 삶에 있어서의 희망과 절망을 체험하고 선善과 악惡에 대한 애증愛憎에 눈을 뜨지 않았던가 한다.

— 2002

곡마단의 소녀

옛날 우리 읍내에는 곡마단(서커스)이 자주 들어왔다.

곡마단이 들어와 강변 모래밭에 막을 치면 소문은 삽시간에 학교에 퍼져 어린 가슴들을 설레게 했다. 강변 모래밭에 전깃불 휘황한 밤, 길게 밤하늘을 울리는 곡마단의 트럼펫 소리가 나는 공연히 구슬펐다.

곡마단에는 언제나 내 또래의 어린 소녀가 몇 있었다. 하얀 얼굴에 까만 눈, 입술은 늘 빨겠다. 예뻤다. 그들이 공중에서 그네를 타다 다른 그네로 날을 때, 까마득한 사다리 끝에서 물구나무를 서다 한 손을 놓을 때, 나는 바짝바짝 애가 탔다. 실수를 해서 떨어지면 그날 밤 심한 매를 맞는다고 했다. 밤이 되어도 나는 잠을 자지 못했다.

곡마단이 막을 걷고 떠나면 강변 모래밭이 쓸쓸하게 남았다. 나는 그 쓸쓸한 모래밭을 바라보면서 곡마단의 소녀들을 생각했다.

'그애들 지금 어디 가 있을까?'

연민과 그리움에 눈을 뜨던 그 어린 시절.

– 2002

낙화대落花臺

소년의 고향, 푸른 물 길게 휘돌아 흐르는 산 높은 곳에 큰 바위 하나가 우뚝 솟아 있다. 사람들은 이 바위를 낙화대라고 부른다.

옛날 교양과 지조를 갖춘 미모의 기녀妓女 하나가 이 고을의 젊은 원님과 깊은 사랑을 나누었다. 아리따운 기녀, 준수한 원님, 그러나 그들의 사랑은 오래 가지 못했다. 원님이 서울로 떠나게 된 것이다. 기녀는 떠나는 원님을 더 오래 보려고 이 바위에 올랐다. 그리고 얼마나 지났을까, 원님의 행차가 시야에서 사라지자 저 아래 푸른 물에 몸을 던졌다.

소년은 이 바위를 바라보며 막연하게나마 사랑의 기쁨과 슬픔을 생각하고, 꽃처럼 진 한 여인에게 안타까운 연민의 정을 느끼곤 했다.

– 2002

무언극_{無言劇}

   초등학교에 다니던 어린 시절, 나는 언제나 반에서 1, 2등 하
는 우등생이었다. 그러나 학예회가 돌아오면 늘 뒷전으로 밀려
났다. 목소리가 너무 쉬었기 때문이다. 맑고 고운 목소리로 노래
잘 부르는 아이들 앞에 서면 주눅부터 들었다.

   이 가여운 우등생의 딱한 사정을 아셨던지 한번은 담임 선생
님께서 무언극에 출연시켜 주셨다. 늘 뒷전으로만 밀려나던 나
에게 있어서 그것은 정말 가슴 뛰는 감격이었다. 나는 지금도 어
린 날의 그 무대가 눈에 선하다.

   그리고 세월이 흘렀다. 나는 그 동안 세상을 살아오면서 내 노
래 한 마디 제대로 불러 보지 못했다. 생각하면 섭섭한 일이다.
그러나 내게 주어진 무언극만은 열심히 하며 살아왔다. 이것은
고마운 일이다. 내게 고마운 일이 있다는 것은 또한 고마운 일
아닌가?

   "범사_{凡事}에 감사하라."

- 2002

노소년_{老少年}의 향수_{鄕愁}

   삶과 사랑에 눈을 뜨던 그 어린 시절, 이제는 다 멀리 사라지

고 한 노소년의 손등에 푸른 힘줄만이 세월처럼 솟아 있다.

 마음이 울적하여 술 한잔 드는 날엔 문득 어린 시절의 그 고향이 그립게 떠오른다. 그러나 지금은 두 분 다 안 계시고 함께 자란 친구들은 모두 타향으로 뿔뿔이 흩어지고 없다. 나는 취한 소리로 노래 삼아 시 한 수 외며 향수를 달랜다.

넓은 벌 동쪽 끝으로
옛이야기 지줄대는 실개천이 회돌아 나가고,
얼룩배기 황소가
해설피 금빛 게으른 울음을 우는 곳,
--그 곳이 참하 꿈엔들 잊힐 리야.

- 정지용鄭芝溶의 <향수鄕愁>

 정말 그 곳이 차마 꿈엔들 잊힐 리야? 그러나 꿈에도 차마 잊힐 리 없는 그 곳은, 지금은 다 사라지고 낯설기만 하다. 사라진 모습이어서 더 그리운 고향, 세월이 이렇게 흘렀는가?

제비가 다리 부러지는 사건

오답誤答과 정답正答

내가 고등학교에 다닐 때의 일이다. 언젠가 국어 시험에 '전쟁 발발'을 한자로 쓰라는 문제가 난 일이 있다. 나는 어렵지 않게 戰爭勃發을 써 냈다. 그런데 다음 국어 시간에 선생님께서는 내 친구 한 녀석의 터무니없는 오답을 일품逸品이라고 극찬하시면서 그 한 시간을 위트wit라는 말씀으로 다 때우셨다. 녀석은 勃發을 쓸 줄 몰라 戰爭足足이라고 썼다 한다.

나는 그때 오답을 일품이라고 극찬하신 선생님 말씀에 동의하지 않았다. 그런데 지금은 위트 전무全無의 자신의 글을 읽으면서 선생님의 그 말씀에 수긍을 보낼 때가 있다. 선생님께서는 戰爭足足에 동그라미를 치시면서 얼마나 머리가 산뜻하셨을까?

적어도 수필隨筆에 있어서는 아둔한 정답보다 산뜻한 오답이 더 정답인 것 같은데, 그런데….

- 2002

어느 어린 신랑

열일곱 살 먹은 처녀가 일곱 살짜리 어린 신랑에게 시집을 갔다. 그러니 그 어린 신랑이 무얼 알겠는가? 처녀는 기가 막혔다. 밤마다 팔을 베이고 자장자장을 해야 잠이 들고, 어떤 때는 밤늦도록 업어 주어야 잠투정을 그쳤다. 게다가 부엌에서 밥 푸는 기척만 있으면 뛰어나와 누룽지 긁어 달라고 졸랐다.

그러던 어느 날 저녁때였다. 처녀가 부엌에서 밥을 푸자니 그 철없는 어린 신랑이 또 뛰어나왔다. 처녀는 그만 홧김에 신랑을 번쩍 들어 지붕 위에다 던졌다. 그때 시아버지가 들어오고 있었다. 처녀는 하얗게 질렸다. 시아버지와 신랑의 말소리가 꿈결처럼 희미하게 들려왔다.

"아니, 지붕엔 왜 올라갔느냐?"

"박 한 덩이 딸까 하고 올라왔는데 아직 잘 쉰 놈이 없네요."

처녀는 겨우 정신을 차렸다.

어머니는 이 이야기를 하시고는 다음과 같이 덧붙이셨다.

"나중에 그 어린 신랑이 정승이 되었단다."

속 좁은 나 들어 보라는 말씀이셨다.

- 1977

베레모帽

　오래 전의 어느 겨울날, 대문 앞에 쌓인 눈을 치우다가 동정이 하얀 검정 두루마기에 역시 검정 베레모를 쓰고 지나가는 한 중년 신사를 보았다. 혹 시인이었을까? 아니면 화가였을까? 나는 그분이 누구인지 무얼 하는 분인지 알 수 없었지만, 그 품위 있는 차림새, 특히 베레모에서 말할 수 없는 온화함을 느꼈다.

　'나도 베레모 하나 사 쓰리라.'

　그러나 당시 서울에는 그런 베레모가 없었다. 그런데 그 다음 해 여름에 일본으로 출장을 가게 되었다. 나는 거기서 프랑스제 하나를 샀다. 그리고 돌아와 겨울을 기다렸다.

　드디어 겨울이 왔다. 어느 날 아침 출근을 할 때 나는 그 베레모를 쓰고 거울을 보았다. 그런데 이상했다. 아무리 고쳐 써 봐도 온화함이 풍기질 않는 것이다. 온화함이란 베레모에서 풍기는 것이 아니었다. 다음은 그때 나 혼자 중얼거린 말.

　"마음이 온화한 사람은 전투모戰鬪帽를 써도 온화하게 보일 거야."

- 2002

약수藥水와 독수毒水

술을 마치 신선神仙의 약수나 되는 것처럼 예찬하는 분들이 있
다. 그러나 과연 그럴까? 술에 취하여 고래고래 소리 지르며 싸
우는 사람들을 나는 많이 보았다. 술이 만일 신선의 약수라면 그
들이 왜 그러겠는가?

술을 마치 악마惡魔의 독수나 되는 것처럼 매도하는 분들이 있
다. 그러나 과연 그럴까? 조용히 음미하며 즐거운 이야기로 한때
를 보내는 사람들도 나는 많이 보았다. 술이 만일 악마의 독수라
면 이것이 가능하겠는가?

술은 그냥 술일 뿐이다. 약수도 독수도 아니다. 그러나 먹는
사람에 따라서는 신선의 약수도 될 수 있고 악마의 독수도 될 수
있는 좀 이상한 물건이다.

내가 먹는 술을 약수일까, 독수일까?

- 2002

양반兩班의 개헤엄

옛날 내가 근무하던 한 고등학교의 교장 한 분은 별명이 석두
선생石頭先生이었다. 어느 겨울날의 일이다. 젊은 교사 몇 사람이
교무실 난롯가에 선생을 모시고 앉아 이야기를 나누는 중에 양

반은 물에 빠져 죽어도 개헤엄은 치지 않는다는 속담이 화제에
오른 일이 있다.
　그때 내가 말했다.
　"물에 빠져서 죽을 지경이면 개헤엄이라도 쳐서 우선 살고 봐
야 하지 않겠습니까?"
　선생이 천천히 말씀하셨다.
　"글쎄, 그러면 혹 살는지는 모르지만 이미 양반은 아니지."
　나는 부끄러워 아무 말도 못했다. 젊으나 젊은 나이에 겨우 개
헤엄 칠 생각이나 했던가?

- 2003

제비가 다리 부러지는 사건

　어느덧 봄이다. 자꾸만 처마밑이 쳐다뵌다. 서까래 하나 없는
처마밑, 그러나 아무리 쳐다봐도 제비집이 없다. 제비집은 고사
하고 제비 한 마리 얼씬하지 않는다.
　"빌어먹을 놈들, 저 처마밑에 집 짓고 함께 모여 살면 좀 좋아.
그러다 보면 다리 부러지는 놈도 한 놈쯤 생길 게고. 실도 있고
약도 있고 박씨 심을 터도 있고 다 있는데, 거 참."
　동장 어른이 지나다가 한 말씀하셨다.
　"이봐요, 정 선생. 제비가 다리 부러지는 사건은 아무 집에서나

일어나는 게 아니에요. 그런 것 바라면 놀부가 웃어요."
나는 좀 계면쩍어 담배 한 대를 꺼내 물었다.

- 2003

검소儉素와 궁상窮狀

"선생님은 참 검소하세요."
옆방의 젊은 교수 한 사람이 내 연구실엘 왔다가 한 말이다.
나는 기본이 좋아서 물었다.
"내가 뭐가 그리 검소한가?"
그가 방긋 웃으며 대답했다.
"자시는 것도 순두부 아니면 우거지국, 입으시는 것도 티셔츠
에 잠바 하나 걸치면 그만이시고…."
사실이 그렇다. 나는 순두부나 우거지국 같은 것을 즐겨 먹는
다. 거기 소주 한잔 있으면 그것으로 족하다. 내가 정장을 하는
것은 입학식이나 졸업식 날을 제외하고는 거의 없다. 그러니까
검소하다는 찬사는 빈말이 아닐 것 같았다. 그런데 아니었다. 그
는 연구실을 나가면서 이렇게 말했다.
"그런데 선생님, 이제는 연세도 있고 하시니까 이따금 칼질도
하시고 넥타이도 산뜻하게 매시고 그러세요."
나는 이 말을 듣고 그 좋던 기분이 싹 가셨다. 그럼 정말 그가

하고 싶었던 말은 무엇이었을까?

"선생님, 궁상 좀 그만 떠세요."

- 2001

추월_{追越}

자동차 운전면허증을 받고 주행 연수를 할 때였다. 나이 지긋한 연수 교사가 한 말이 있다.

"좁은 길을 갈 때 뒤에서 오는 차가 내 차를 추월하려고 하는 일이 있습니다. 갈 길은 바쁜데 내 차가 가로막고 있으니까 답답해서 그러겠지요. 그럴 땐 전방에 무슨 장애물이나 달려오는 차가 없는지 잘 살피고 아무것도 없으면 바른쪽 깜빡이를 깜빡이면서 길가로 붙습니다. 그러면 뒤에 오는 차가 안심하고 추월을 합니다. 바른쪽 깜빡이를 켜는 것은 추월하라는 뜻입니다."

그 얼마 후 좁은 길을 가다가 꼭 그런 상황을 만났다. 나는 연수 교사의 말대로 전방을 살피고 바른쪽 깜빡이를 켜서 프라이드 한 대를 추월시켰다. 그때 그 운전자가 손을 흔들어 고마움을 표시하던 모습이 지금도 눈에 선하다.

추월을 당하는 것은 불쾌한 일이다. 그러나 추월을 시키는 것은 좀 섭섭은 해도 유쾌한 일이다.

"정진권 군, 이제 그대는 그대의 빛나는 후배들을 위하여 바른
쪽 깜빡이를 켤 때라네. 알겠는가?"

- 2002

바둑과 섰다

어떤 할아버지

할아버지가 어린 손자에게 말했다.

"저 소나무를 보아라. 춘하추동 사시에 푸르지 않니? 사람도 저렇게 변함 없이 살아야 한다. 저 대나무를 보아라. 속이 텅 비어 있다. 사람도 저렇게 욕심 없이 살아야 하다. 변함 없이, 욕심 없이, 알겠니?"

어린 손자는 고개를 끄덕였다. 나는 그렇게 말하는 그 할아버지와 고개를 끄덕이는 그 어린 손자의 모습이 부러웠다. 내가 그 할아버지처럼 그렇게 말한다면 내 어린 손자들도 똑같이 고개를 끄덕일까? 아닐 것이다. 끄덕이기는커녕 이렇게 되물었을 것이다.

"할아버진 어떻게 살았어? 할아버지도 소나무처럼 대나무처럼, 그렇게 변함 없이 욕심 없이 살았어?"

그리고 나는 아무 대답도 못했을 것이다.

- 2002

논문論文쓰기

나는 전에 ≪한국수필문학연구韓國隨筆文學研究≫라는 이름으로 책을 낸 일이 있다(신아출판사, 1996). 이 책은 책명 그대로 우리 수필 문학에 관한 내 논문들을 모아 엮은 것이다.

나는 여기 실린 논문들을 쓸 때 퍽 힘들었던 기억이 있다. 참고할 선행 연구도 찾아보기 어려웠지만 그보다도 평소에 쌓은 공부가 없었으니 내 빈곤한 상상력으로 무슨 논문을 쓰겠는가? 그냥 빈 머리를 쥐어짜는 수밖에 없었다. 교수에게 논문 쓰는 의무가 없었다면 나는 안 썼을 것이다.

설령 참고할 선행 연구가 없다 하더라도, 다소 상상력이 모자란다 하더라도, 내가 평소에 꾸준히 공부해 온 사람이라면 그런 빈 머리를 쥐어짜는 괴로움은 면할 수 있었을 것이다.

정년으로 학교를 물러난 지 어언 3년이다. 이따금 지난날에 쓴 논문들을 다시 읽어 볼 때가 있다. 젊었을 때 공부 안한 것이 한숨 같은 후회로 다가온다.

- 2003

박사博士이야기

　사람들이 나를 보고 박사라고 부르는 경우가 더러 있었다. 대학 교수는 으레 박사려니 해서 그렇게 불렀을 것이다. 그러나 그럴 때마다 나는 당황했고, 겸연쩍게 웃으며 내가 박사가 아니라는 사실을 밝혀야 했다. 나는 박사 과정 근처에도 못 가 본 사람이다(내가 교수로 임용되던 당시는 학교에서 박사 학위를 요구하지 않았다.).

　박사 과정에 들어가기가 하늘의 별 따기보다 더 어렵던 시절, 어느 대학 국어국문학과의 원로 교수 한 분이 당신 대학에 들어와 공부하라고 권하신 일이 있다. 나는 퍽도 고마웠지만 결국 그분의 기대를 따르지 못했다. 공부가 겁났던 것이다. 학위를 받으려면 꼬박꼬박 강의를 듣고, 연구 주제와 관련된 기록(작품을 포함하여), 논문, 저서 등을 체계적으로 읽어야 한다. 나는 그렇게 진득하지도 못하고 끈질기지도 못한 사람이다. 그런 내가 무슨 수로 박사 공부를 하겠는가?

　근래에는 나를 보고 박사라고 부르는 사람이 없다. 내가 박사가 아니라는 사실이 이제는 다 알려진 모양이다. 마음이 편하다.

- 2003

바둑과 섰다

스물 몇 살 무렵 바둑에 미치다시피 한 일이 있다. 12~13급 때였을 것이다. 내 대마大馬의 운명이야 어찌 되든 몇 점 따먹는 그 재미는 이루 말할 수가 없었다. 그러나 6~7급 되면서부터 시들해졌다. 할 일 제쳐 두고 정신없이 앉아 있는 자신의 모습이 적잖이 처량해 보였던 것이다.

비슷한 시절 한때 나는 섰다에도 미친 일이 있다. 주머니 사정이야 어찌 되든 광땅을 지긋이 잡고 판을 굽어보면 천하가 다 가소로웠다. 그러나 이것도 머잖아 시들해졌다. 잃으면 속 쓰리고 따면 부담스럽다는 것을 차차 더 깊이 느끼게 되었던 것이다. 나는 지금 고스톱도 못 친다.

내 바둑 급수가 낮다고 해서, 또는 고스톱을 못 친다고 해서 부끄러울 것은 없다. 그러나 금방 화끈하게 달아오르다가 또 금방 싸늘하게 식고 마는 자신의 모습, 그리고 오래 지속되는 정열 없이 무엇인가 이루어지기를 바라 온 자신의 허욕虛慾을 생각하면 적이 부끄러울 때가 있다.

- 1995

술과 담배

　나는 술을 퍽 일찍 배웠다. 국민학교(초등학교) 4학년 무렵 아버지의 소주병을 몰래 꺼내 홀짝거리던 기억이 있다. 중학교 3학년 때는 피난 간 산골에서 보리막걸리를 들이켰고, 고등학교 2~3학년 때는 장가가는 친구네 집엘 갔다가 취하여 돌아왔다. 대학 때는 막걸리에 소주에 청탁불고였다. 그 후로도 여전히 술을 마셨다. 그런데 지금 나는 지방간 수치가 높다고 한다.

　나는 담배를 퍽 늦게 배웠다. 고등학교에 다닐 때 내 친구 중에는 담배 피우는 애들이 많았다. 그러나 나는 대학을 나오고 군엘 가서 처음으로 담배를 배웠다. 화랑 담배였다. 땡볕에 뛰고 기고 찌르고 하다가 10분 쉬는 그 시간, 후 뿜어내는 그 파란 연기는 고달픈 훈련병에게 더없는 위안이었다. 그 후로도 여전히 담배를 피웠다. 그런데 지금 나는 가끔 목이 아프다.

　지방간이 심하면 술을 끊는 것이 옳다. 목이 아프면 당연히 담배를 끊어야 한다. 이렇게 잘 아는 내가 왜 그 한 가지도 못 끊는 걸까? 이것이 이른바 우유부단優柔不斷이라는 건가?

－ 2003

산에 가는 뜻은

　미아리彌阿里 우리 집에서 버스로 한 20분 가면 도봉산道峰山에 닿는다. 깨끗한 바위, 푸른 숲, 맑은 계곡, 도봉산은 참 좋은 산이다. 아름다운 산이다.

　나는 한 달에 두어 번씩 아내와 함께 이 산엘 올랐다. 새봄에 나무마다 눈트는 그 가려운 소리, 비 온 끝에 돌돌거리는 그 산뜻한 물소리, 한잎 두잎 낙엽 지는 조금은 쓸쓸한 그 소리, 그리고 흰 나비들의 군무群舞처럼 흩나는 백설白雪의 그 현란한 소리, 나는 그 소리들이 듣기 좋았다.

　산에 가는 날 새벽이면 아내는 소풍 가는 어린 아이처럼 들떴다. 잰 손으로 쌀을 씻고 돼지고기 김치찌개거리도 얼큰하게 만들어 배낭에 넣었다. 나는 물론 소주 한 병을 잊지 않았다. 우리는 산 중턱에 한 살림 차리고 버너에 불을 켰다. 함께 한 잔 따라 들고 듣는 자연의 소리는 아름다웠다.

　그러나 언제부터인지 산에 버너를 가지고 갈 수가 없게 되었다. 지금도 나는 이따금 아내와 함께 도봉산을 가지만 그저 산 어귀에서 순두부에 소주나 한잔 하고 돌아올 뿐이다. 그렇다면 지난날 나는 왜 산엘 갔던 것일까?

- 2003

조급증 躁急症

　정부의 어느 고위 인사가 매일 아침 대중탕엘 간다는 기사를 읽고 놀라워한 적이 있다. 나는 목욕탕엘 잘 안 간다. 부득이해서 갈 때도 20분을 넘기지 못한다. 목욕하는 게 답답해서 그렇다.

　내 친구 한 사람은 머리카락이 몇 낱 안 되는 대머리인데도 1주일이 멀다 하고 이발소엘 간다. 나는 머리가 길어 귀를 덮어야 할 수 없이 이발소를 찾는다. 머리 깎는 게 답답해서 그렇다.

　우리 집은 우리 내외, 큰애들 내외, 그리고 그 애들의 꼬마 두 녀석, 모두 여섯 식구다. 이 여섯 식구의 식사 시간은 늘 즐겁다. 그러나 나는 먼저 후딱 뜨고 일어선다. 참 이상한 조바심이다.

　일전에 수필가 몇 사람이 저녁을 같이한 일이 있다. 술도 얼큰하고 웃음꽃도 한창일 무렵 내가 그만 일어서자고 했다. 한 여류가 분위기 깬다고 눈을 흘겼다. 참 이상한 조바심이다.

　나는 지금 내 인생의 만추晩秋를 살고 있다. 그러나 학문도 문학도 한낱 빈 광주리뿐이다. 내가 이런 조급증에 빠지지 않고 조금만 진득했더라면 이렇게 허전하지는 않았을 것을….

– 2003

봄

봄하늘

우리 집 뜰에 내리는 봄하늘은 언제나 부옇다. 맑지도 흐리지도 않고 그저 그렇다. 그저 그런 봄하늘이 불어 내는 봄바람은 그저 그런 하늘처럼 그저 있는 듯 없는 듯 조금도 요란스럽지 않다. 그저 있는 듯 없는 듯 조금도 요란스럽지 않은 이 바람은, 그러나 그의 훈훈한 기운으로 언 땅을 녹이고 싹을 틔우고 꽃을 피운다.

나는 아직까지, 요란한 사람치고 훈훈한 가슴으로 중생衆生을 구제하는 경우를 보지 못했다. 봄하늘, 봄바람, 위대한 존재 아닌가?

– 2003

봄비

　우리 집 뜰에 봄비가 내리면 나는 그 봄비 내리는 모습을 보면서 정몽주鄭夢周의 〈춘흥春興〉을 왼다.

　오는지 마는지 가느단 봄비, 밤들자 소록소록 소리 들리네. /
　눈 녹는 남쪽 내에 물이 불면은 풀싹들 파릇파릇 돋아나겠네.
　春雨細不滴, 夜中微有聲. 雪盡南溪漲, 草芽多少生.

- 《東文選》

　자, 이 시의 봄비를 사람으로 바꾸어서 다시 읽어 보자. 그는 많은 어려운 사람들로 하여금 삶의 추위를 벗어나게 한다. 그들의 언 가슴을 훈훈히 녹이고 그 안에 파릇한 풀싹 같은 희망을 가지게 한다. 봄비는 위대한 존재다.

　내가 나보다 못한 이들에게 봄비가 되었으면 할 때가 있다. 그러나 금방 과욕이라는 것을 깨닫는다. 봄비는 그만두고 찬바람이나 안 되었으면….

- 1997

고추꽃

해마다 봄이 되면 고추모 몇 포기를 사다 우리 집 뜰 양지바른 곳에 심는다. 여름날 풋고추 따먹는 재미도 좋지만 그보다도 나는 그 꽃 보는 게 좋아서 해마다 심는 것이다.

고추꽃은 하도 작아서 눈에도 잘 안 띄지만 하얀 바탕이 그렇게 깨끗할 수가 없다. 게다가 별 모양의 다섯모 예각鋭角을 보면 함부로 범할 수 없는 신념 같은 것이 절로 느껴진다.

순결의 바탕 위에 신념을 세운 우리 어린 고추꽃, 그래서 그는 그의 가을에 윤 흐르는 빨간 고추를 거둘 수 있나 보다.

- 2003

딸기꽃

딸기꽃은 작고 하얗다. 배꽃 모양이다. 그러나 작고 하얀 딸기꽃의 가슴속에는 황금보다 더 노란 꽃술이 있다. 나는 그런 딸기꽃을 사랑한다.

그러나 안쓰러울 때가 많다. 전혀 속될 줄 모르는 하얀 순결, 황금보다 더 노란 그 고귀한 삶에 웬 진딧물이 그리도 많이 끼는가? 괴롭고 괴로울 것이다. 지칠 때도 많을 것이다.

그러나 그렇게 시달리면서도 꾸준히 딸기알을 길러 내고 마침

내 그 알들로 하여금 선혈처럼 빨간 열매가 되게 하는 것을 보면
나도 모르는 사이에 절로 외경감畏敬感이 느껴질 때가 있다.

- 2003

감꽃

감꽃은 사월 말 오월 초에 핀다. 바탕은 희지만 고추꽃처럼 깔
끔하지도 못하고 딸기처럼 산뜻하지도 못하다. 물론 라일락 같
은 향기도 없고 목련꽃처럼 훤한 데도 없다. 그저 무덤덤, 작고
촌스럽기만 한 것이 감꽃이다. 게다가 잎새들에 가려서 어느 산
골 오두막집의 언년이처럼 사람의 눈에도 잘 띄지 않는다.

그러나 제비는 작아도 강남을 간다고 했다. 눈에도 잘 안 띄던
그 언년이가 머잖아 시집을 가서 튼실한 아들딸을 쑥쑥 잘도 낳
듯, 감꽃은 머잖은 가을날에 소담스럽게 빛날 열매를 꽃마다 맺
는 것이다. 라일락이나 목련꽃으로서는 상상하기 어려운 일이다.

- 2003

목련꽃

내 친구 중에 목련꽃을 좋아하는 사람이 하나 있다. 청순해서

좋다고 한다. 내 친구만이 아니고 이 꽃을 좋아하는 사람은 퍽 많은 듯하다.

우리 집에도 목련나무가 한 그루 서 있다. 그러나 나는 별로 그 꽃 좋은 줄을 모른다. 처음 피어날 때의 그 청순함이란 내 친구의 말이 아니어도 칭송할 만하다. 그런데도 내가 이 꽃을 별로 좋아하지 않는 것은 그 지는 모습이 보기 싫어서이다.

목련꽃은 며칠 가지 못한다. 그 무렵이면 비가 잘 내린다. 그 비에 우수수 져 땅에 깔린 그 꽃들은 녹물에라도 건져낸 듯 검벌겋게 우중충하다. 청순함은 다 어디로 갔는가?

한때 청순하게 살다가 우중충하게 삶을 마감하는 사람을 보는 것 같아 땅에 진 그 꽃들을 대할 때면 마음이 그리 상쾌하지가 못하다.

- 2003

여름

소나기

소나기는 여름 예술의 극치다.

자, 7월 어느 날의 우리 집 뜰을 한번 상상해 보시라. 지금 한창 구름 한 점 없는 하늘에서 불볕이 쏟아지고 있다. 나무도 풀도 숨이 막혀 꼼짝 않는다. 참새 한 마리, 까치 한 마리도 어디서 지쳐 쓰러졌는지 볼 수가 없다. 땀은 철철 흐르고 숨은 턱턱 막힌다. 정말 질식할 것만 같다.

아, 그때 구름 한 점 없던 하늘에 어디선지 먹구름이 모여들더니 숨쉴 사이도 없이 쏟아지는 소나기 세찬 줄기, 소나기는 우선 앞집 지붕 위에 부연 물보라를 일으키고는 순식간에 내려와 우리 집 후박나무 넓은 잎새를 휘갈기며 목마른 잔디밭에서도 통통 튄다. 뜰이 온통 불 꺼지는 소리로 쏴쏴 시끄럽다. 세상이 이렇게 시원할 수도 있는가?

나무도 풀도 생기를 되찾고, 어디서 참새 쩍쩍거리는 소리도 들려올 것 같다. 까치도 금방 날아올 것 같다. 답답한 우리의 하루하루, 어디 이 소나기 같은 말씀 한 마디 하실 지도자 한 분 안 계실까?

- 2002

그늘

우리 집 뜰에 후박나무가 한 그루 서 있다. 후박나무는 잎새가 넓다. 여름날에 그 잎새가 드리우는 그늘은 언제나 넉넉해서 좋다. 일을 하다 피곤하면 나는 그 그늘에 앉아 담배 한 대를 피운다. 그 너울거리는 잎새에 산들 이는 바람에선 푸른 냄새가 난다. 상긋한 푸른 냄새다.

옛날 내가 논산에서 훈련을 받을 때도 한여름이었다. 땀에 전 훈련병의 10분간 휴식, 연병장 가 애기코스모스 위에 손수건을 널면 손수건만 한 그늘이 생겼다. 나는 그 그늘에 철모를 베고 누워 화랑 한 대를 피웠다. 파르스름한 그 연기 위로 그리운 얼굴들이 명멸했다.

나는 평생에 후박나무 같은 분들을 많이 만났다. 그랬으므로 그 그늘에서 내 삶의 무더위를 잊을 수 있었다. 고마운 일이다.

그러나 내가 남에게 손수건만 한 그늘이라도 되어준 적이 있는
지, 생각하면 미안한 일이다.

- 2003

대추나무

대추나무의 여름은 참 고달프다.

꽃인가 하면 어느새 녹두알 같은 열매가 다닥다닥 나붙는다.
그리고 며칠 지나면 팥알만 해지고 또 얼마 안 있으면 굵은 콩만
해지고, 그러노라면 가는 가지가 휘고, 거기다 바람이라도 치면
대추나무 한 집안이 정신없이 내둘린다. 그러나 대추나무는 그
가는 팔다리로도 잘 버틴다.

나는 비바람 몰아치는 어느 날, 우리 집 대추나무를 바라본 일
이 있다. 힘겨운 모습이었다. 이제는 술 한잔 따라 드릴 수 없는
아버지를 생각하며 눈을 감았다. 일제 말기, 6·25, 그 어렵던 시
절, 우리는 아홉 남매가 고만고만했다.

여름이 가도 대추나무는 시름에서 벗어나지 못했다. 이 녀석
은 어떻게 사는가, 저 녀석은 어떻게 사는가, 아버지의 대추나무
에는 바람 잘 날이 없었다. 그러다 가셨다.

- 1984

낮잠

한여름의 별미는 낮잠이다. 나도 옛날 이규보李奎報의 〈하일夏日〉 같은 낮잠 한번 달게 자다 깨 봤으면 싶다. 우리 집엔 시원한 마루도 있고 그늘 좋은 나무도 있다.

> 상큼한 베적삼, 대자리 서늘한데/ 꾀꼬리 울음 울어 단잠을 깨네./
> 푸른 잎새 사이사이 꽃 아직 붉구나./
> 햇빛 속에 부슬부슬 가랑비 오고.
> 輕衫小簟臥風欞, 夢斷啼鶯三兩聲.
> 密葉翳花春後在, 薄雲漏日雨中明.　　　　　　　－《東文選》

내가 어느 술자리에서 이 이야기를 했더니 한 험구險口가 코방귀를 쿵 뀌며 말했다.

"낮잠 한번 달게라? 이봐, 낮잠이란 본래 밤새워 공부한 선비가 피곤해서 잠깐 눈을 붙이는 잠이야. 새벽부터 논밭 맨 농부가 힘들어서 잠깐 코를 고는 잠이야. 그런데 자네가 뭘 했다고 낮잠을, 그것도 달게 자? 참 대단한 염치군."

나는 별로 할말이 없었다.

－ 2003

가 을

모과알들

가을볕 밝은 우리 집 뜰에 푸른 하늘이 높다.

노란 모과알들이 주렁주렁 그 푸른 하늘에 매달려 있다. 참 못생겼다.

"어쩌면 저리도 둥글둥글 못생겼을까?"

둥글기는 하지만 사과처럼 정확하고 세련된 구球가 아니다. 우리 고향의 이李서방이나 김金서방의 얼굴처럼 아무렇게나 생긴 둥긂새다. 무슨 투정을 부려도 다 받아줄 것만 같다. 정확하고 세련된 사람이 흔히 갖추기 어려운 원만圓滿과 순박淳朴이 거기 있다. 아무나 흉내낼 수 없는 높은 덕이 그 못생김 속에 있다.

－ 2001

까치 소리

여전히 높푸른 하늘이다.

까치 두 마리가 까치밥 빨간 우리 집 감나무에 와 앉아 운다.

"오늘은 어디 반가운 일이라도 있으려나?"

옛날의 어느 여인은 까치 소리를 듣고 황급히 거울 앞에 앉아 눈썹을 그렸다고 한다. 그러나 기다리는 임은 오지 않았다. 까치가 집에 와 울면 반가운 사람이 온다고 했다. 반가운 소식이 온다고도 했다. 물론 헛말이다.

세상에는 이런저런 헛말이 많다. 그러나 헛말일지라도 착한 마음으로 남을 기쁘게 하는 말이라면 참말보다 못할 것도 없지 않을까 싶다.

— 2001

호박덩굴

우리 집 담 위에 가을볕이 환하다.

누런 호박 두 덩이가 묵직하게 매달려 있다. 퍽도 의젓하다.

"저놈들을 저리 기르느라 호박 덩굴은 얼마나 힘이 들었을까?"

호박덩굴은 가늘지만 억세다. 소 팔고 논 팔아 자식들 대학 공부 시키던 시골 농부의 손처럼 억세다. 맺힌 호박알이 시들까 봐 애는 또 얼마나 태웠을까? 억센 손, 새카맣게 탄 속, 이것이 부모의 참모습이다.

의젓한 호박들이여, 오늘 퇴근 때는 부모님 자실 술 한 병, 고기 한 근 사들게나. 사 가지고 가 봐야 소용없는 사람도 있다네. 지나간 후면 애달프다 어이하리.

- 2001

땡감과 곶감

우리 집 뜰 마른 잔디 위에도 가을볕이 환하다. 깎아 넌 곶감이 고들고들 마른다.

"그 떫던 것이 어떻게 이처럼 달까?"

땡감은 떫지만 그 속에는 단맛을 낼 수 있는 어떤 자질資質이 잠재해 있다. 그것은 햇볕과 바람을 통해서 단맛으로 계발된다. 햇볕도 없고 통풍도 안 되는 곳에 깎아 널면 금방 곰팡이가 슬고 맛이 시어진다.

따뜻한 볕과 맑은 바람, 우리가 이런 스승을 만난다는 것은 여간 큰 행복이 아니다.

- 2001

참새 떼

대추나무 사이로 하늘이 푸르다. 참새 떼가 우르르 날아와 앉는다. 시끄럽다.

"에이그, 시끄러운 놈들. 여기가 무슨 벼논인 줄 아냐?"

옛날, 소년은 메뚜기 튀는 논둑을 달리며 우여우여 새를 쫓았다. 그러나 놀라 달아난 새 떼는 다시 날아와 앉았다. 더러는 빛바랜 허수아비의 맥고자 위에 앉기도 했다. 약은 놈들.

그런데 그 참새들이 언제부터인지 도시로 몰려든다고 한다. 농약 때문이라는 것이다. 하지만 도시도 안전한 곳은 못 된다. 매연, 소음, 오폐수, 거기다 사기, 폭력, 무질서…. 장차 우리 어린이들은 어디 가서 살까?

- 2001

후박잎새

별 밝은 뜰이 고요도 하다.

후박 잎새 한 잎이 뚜욱 떨어진다. 아무렇지도 않은 듯 그저 그렇게.

"어쩌면 저리도 무심히 가지를 떠날까?"

세상에는 후회 없이 산 사람도 많을 것이다. 그렇다면 그들도 가을날 후박 잎새 한 잎 뚜욱 지듯이 저렇게 무심히 이승을 떠날 수 있을까?

어려울 것이다. 적어도 그런 사람들은 삶에 대한 욕망 때문에 그런 것은 아닐 것이다. 정情주며 함께 산 사람들, 그들과의 인연 끊기가 힘들어서 그럴 것이다.

- 2001

목련나무

뜰에 어느덧 바람이 인다.

목련 잎새가 우수수 떨어진다. 썰렁하다.

"맺은 게 없으니 얼마나 쓸쓸할까?"

지난 봄, 목련은 자랑스럽게 꽃을 피웠다. 화사한 그 꽃은 많은 사람들의 칭송을 받기에 부족함이 없었다. 그러나 이 가을에 목련은 못생긴 모과 한 알, 떫은 땡감 한 개 달린 게 없다. 이제 잎새마저 바람에 흩날고 나면 빈 가지만 앙상하게 남을 것이다. 약간의 명성에 자만하다 젊은 날을 헛되이 보낸 사람의 뒷모습처럼 쓸쓸하기만 하다.

- 2001

가을 밤의 착각_{錯覺}

우리 집 뜰에 가을바람 스산히 불면 우수수 잎 지는 소리 성긴 빗소리 같다. 그럴 때면 나는 옛날 정철鄭澈의 〈산사야음山寺夜吟〉을 읊는다.

> 우수수 잎 지는 소리 빗소리로 잘못 듣고
> "스님, 밖을 좀 보구려. 비가 오나 본데."
> 스님이 내다보고 웃으며 하는 말이
> "시냇가 나뭇가지에 달이 환히 걸린걸요."
> 蕭蕭落木聲, 錯認爲疎雨. 呼僧出門看, 月掛溪南樹.
>
> — 《松江集》

어느 산사山寺의 깊은 가을 밤, 밤바람에 우수수 낙엽이 진다. 우수수, 그건 꼭 성긴 빗소리, 늦도록 글 읽던 선비는 비가 오나 했다. 밖에는 달이 저리도 밝은데.

자, 다시 들어 보자. 잎 지는 소리, 성긴 빗소리, 얼마나 멋스러운 착각錯覺인가? 아등바등 살아가는 이 각박한 세상, 때로는 이런 착각이 부러울 때도 있다.

— 2003

겨 울

눈雪

　일찍이 김진섭金晉燮 선생은 눈을 가리켜 겨울의 서정시抒情詩라고 했다. 우리 집 작은 뜰에도 겨울이 되면 서정시처럼 흰 눈이 내린다.

　멀리 어둑한 하늘에 흰 나비 떼 무수히 흩날 듯, 그 정신없는 군무群舞가 좋아 나는 뜰에 선다. 눈은 내려서 빈 가지에 쌓이고 마른 잔디를 덮고 마침내 온 뜰을 포근히 감싼다. 평화처럼 쌓이는 그 흰 눈이 좋아 나는 뜰에 선다.

　이불도 썰렁하고 등불도 희미하고/ 사미沙彌는 밤새도록
　종도 안 치고/ 나그네가 일찍 깨서 심술이 났나,/
　소나무를 뒤덮는 저 눈 좀 보렴.

紙被生寒佛燈暗, 沙彌一夜不鳴鐘.
應嗔宿客開門早, 要看庵前雪壓松.　　　　　－≪東文選≫

이제현李齊賢의 〈산중설야山中雪夜〉다. 눈이 오면 힘든 사람도 많다. 그러나 오늘은 내가 이 서정시 한 편 읽는 것을 용서하기 바란다.

－ 2003

겨울 나무

우리 집 겨울 뜰에 나무 몇 그루가 빈 가지로 서 있다. 특히 감나무와 목련이 눈이 띈다. 지난 가을, 변변한 열매 하나 거두지 못한 목련은 쓸쓸도 할 것이다. 감나무는 소담스러운 열매를 거두었으니 평안할 것이다.

감나무여, 진실로 수고했구나. 그대는 지난 여름날의 그 쏟아지는 불볕과 소나기, 그 세찬 폭풍을 잘 견디고 마침내 가을 푸른 하늘에 주렁주렁 그대의 빛나는 열매들을 높이 매달았다. 아름답다, 그대의 삶이여.

그러나 목련이여, 너무 쓸쓸해 하지 말라. 그 불볕과 소나기, 폭풍을 견딘 것은 그대도 감나무와 다르지 않다. 비록 변변한 열매 하나 거두지 못했다 할지라도 그 무더운 여름날 그늘 하나는 드리우지 않았는가? 또한 소중한 것이다.

누구나 다 찬란한 업적을 이룩할 수 있는 것은 아니다. 주어진
자기 삶에 최선을 다했으면 그것으로 족하지 않은가? 모든 겨울
나무들이여, 평안한 마음으로 이 겨울을 보내자.

- 2003

짚옷

해마다 늦가을이 되면 뜰에 서 있는 어린 나무 몇 그루에 짚옷
을 해 입힌다. 노랗게 짚옷을 해 입히고 나면 온 뜰이 훈훈해진
다. 우리 어린 나무들은 눈보라가 쳐도 북풍이 몰아쳐도 추운 줄
을 모를 것이다. 솜옷 입은 것처럼 든든할 것이다.

옛날 우리 어머니는 어린 나에게 솜바지를 해 입히셨다. 집 안
에 웅크리고 앉았다가도 그 바지를 입으면 뛰어나가고 싶었다.
나는 눈이 와도 바람이 차도 추운 줄을 몰랐다. 동무애들과 눈싸
움을 하고 썰매를 타는 것이 마냥 즐겁기만 했다.

어머니 가신 지 벌써 십 년이 지났다. 지금도 어머니는 내 삶이
추울까 걱정을 하실 것이다. 이 추운 겨울에 솜바지 하나나 제대
로 입고 사는지 어떤지 날마다 걱정을 하실 것이다. 아홉 남매를
낳아 기르신 어머니, 평생을 걱정만 하다 가셨다.

- 2003

오철誤綴하고 싶은 단어單語들

'갠'과 '개인'

우리가 흔히 쓰는 '비 갠 하늘'이라는 말 좀 보자. 나는 이 말의 '갠'을 '개인'이라고 잘못 쓰고 싶다. 그냥 '갠'이라고 쓰고 보면 하늘이 덜 갠 것 같아 개운치가 않다.

어디서 먹구름이 몰려와 뒤덮이고, 한 줄기 시원한 소나기가 지나가고, 그리고 그 먹구름이 여기저기 터지면서, 아 눈 시리게 드러나는 저 푸른 하늘, 그것은 덜 '갠' 하늘이 아니라 활짝 '개인' 우리의 아름다운 하늘이 아닌가?

우리 집 아이들이 '개인'이라고 쓰면 나는 물론 '갠'이라고 고쳐 주겠지만 나만은 '개인'으로 쓰고 싶다. 신경쇠약인가?

— 1975

'놀'과 '노을'

우리말에 '놀'이라는 단어가 있다. 국어사전에는 '공중의 수증기에 햇빛이 비치어 붉어 보이는 기운'이라고 풀이되어 있지만, 그냥 '저녁놀'의 '놀'이라고 하는 것이 더 알기 쉬울 것이다.

나는 이 '놀'이라는 단어를 '노을'로 잘못 쓰고 싶다. '노을'이라고 써 놓으면 붉디붉은 서녘 하늘이 눈앞에 활활 타지만, '놀'이라고 쓰고 보면 어느 외국어의 뜻 모르는 단어만 같다.

어린 시절, 마을에 저녁 연기가 보얄 때 소를 몰고 돌아오다 바라본 서산 위에 그리도 붉게 곱게 물들던 것은 아무래도 '놀'이 아니라 '노을'이었다.

- 1975

'나는'과 '날으는'

제비는 하늘을 '나는'가, '날으는'가? 비飛의 뜻을 나타내는 우리말 단어는 '날다'다. 절대로 '날으다'가 아니다. 그러니까 제비는 하늘을 '나는' 것이지 '날으는' 것이 아니다.

그런데 '하늘을 나는' 제비라고 하면 나는 어딘지 날다가 그만둔 제비만 같다. 그 날쌘 제비가 눈에 보이질 않는 것이다. 그러나 '하늘을 날으는' 제비라고 하면 강남도 거침없이 날아가는 제비가 눈에 확 들어온다.

비단 '나는' 만이 아니다. '나네'도 '날으네'로 쓰고 싶고, '난다'도 '날은다'로, '나나'도 물론 '날으나'로, '나오'도 역시 '날으오'로, '나는가?'가 아니라 '날으는가?'로 나는 쓰고 싶다.

이것이 혹 이상한 취미라는 건가?

– 2003

'아내'와 '안해'

처妻의 뜻을 나타내는 말에 '아내'가 있다. 그런데 이 '아내'라는 표기는 아무리 들여다보아도 집 '안'에서 눈처럼 흰 치마를 두르고 상을 차리는 우리 여인네의 모습이 나타나질 않는다. 그렇다고 '와이프'처럼 하이힐 소리가 들리는 것도 아니다. 아무 모습도 보이지 않고 아무 소리도 들리지 않는 이 '아내', 나는 이 '아내'만은 '안해'로 잘못 쓰고 싶다.

우선 '안'이 좋다. 이 글자를 보면 집 '안'을 다스리는 너그러운 여인의 모습이 선히 보인다. 아침에 뿔뿔이 헤어진 가족들이 저녁이면 모두 그의 품 '안'으로 돌아오고, 그러면 그는 그의 넉넉한 치마로 그들을 감싼다. '안'에는 언제나 사랑이 충만하고 평화로운 휴식이 있다.

'해'도 좋다. 이를 태양太陽이라 오역誤譯한다 해서 힐난할 사람이 있을까? '안해'라고 써 놓고 보면 집 '안'을 환히 비추는 사랑스러운 '해'가 떠오른다. 그 속에 아이들의 웃음 소리도 들려온다.

- 1975

'임'과 '님'

내가 꿈에도 못 잊고 사랑하는 그(또한 그녀)는 나에게 '임'인가, '님'인가? 현행 철자법에 따르면 당연히 '임'이다.

그러나 나는 우리 한시漢詩 몇 편을 번역할 때 '임'을 버리고 '님'을 취했다. 왜 그랬을까? 그때 '임'은 나에게 얼굴도 안 보이고 음성도 안 들리는, 한낱 추상적인 존재였지만, '님'은 그렇지 않았다. 때로는 잔잔히 미소를 짓고 때로는 노여워도 하고, 그리고 사랑에 젖은 눈빛으로, 더러는 슬픔 머금은 눈빛으로 나직이 속삭이는, 구체적인 모습으로 다가섰던 것이다.

나는 우리 철자법을 충실히 지키려는 사람이지만 '님'은 버리고 싶지가 않다.

우리는 만날 때에 떠날 것을 염려하는 것과 같이, 떠날 때에 다시
만날 것을 믿습니다.
아아, 님은 갔지마는 나는 님을 보내지 아니하였습니다.

- 한용운韓龍雲 : ≪님의 침묵沈默≫

- 2003

'자장면'과 '짜장면'

　나는 전에 '짜장면'이라는 제목으로 수필 한 편을 쓴 일이 있다. 그때 누가 말하기를 '짜장면'은 틀린 말이니 '자장면'으로 고치라고 했다. 그 후 나는 이 글을 내 수필집에 수록했는데, 이 틀린 '짜장면'을 바른 '자장면'으로 고치지 않았다.

　요 몇 년 전, 이 글이 대입 수능고사에 자료문으로 난 일이 있다. 그때 누가 알려 주어서 그 문제지를 살펴보니 '짜장면'은 '자장면'의 속음俗音이라는 주석이 달려 있었다. 그 후 나는 어느 출판사에서 내 수필 선집을 냈는데, 그 책 이름을 '짜장면'이라고 붙였다. 내 친구들이 이 글이 좋다고 해서 그런 것이다.

　그렇다면 평생을 국어 교사로 살아온 내가 무슨 까닭으로 이 틀린 속음을 고집하는 것일까? 이유는 간단하다. '자장면'이라고 쓰면 진짜 '짜장면' 맛이 나지 않기 때문이다.

－ 2002

쓰기 싫은 단어單語들

어버이

　내가 쓰기 싫어하는 단어 중에 '어버이'가 있다. 부득이 쓰기는 해도, 써 놓고 보면 '어머니'의 오기誤記인 것도 같고, '아버지'의 어느 낯선 사투리인 것도 같다. 사전에는 '아버지와 어머니를 함께 일컫는 말'이라고 풀이되어 있지만, 나는 아무리 들여다보아도 아버지와 어머니의 결합된 모습이 나타나질 않는다.

　그러나 '어머니'와 '아버지'는 그렇지 않다. '어머니'를 써 놓고 들여다보면, 어머니의 그 주름잡히신 얼굴 뒤로 묵묵히 담배를 피우시는 아버지가 다가오신다. 아홉 남매를 기르시느라 영일이 없으셨던 그 두 분. '아버지'를 써 놓고 들여다보면, 약주를 드시는 아버지 곁에 성경을 보시는 어머니가 앉아 계시다. 나는 그 평화스러운 모순이 그립다.

'어버이', 이 감동 없는 단어를 가지고 어떻게 내가 가장 눈물 어린 이야기, 가장 그리운 이야기를 기록하겠는가?

- 1975

교수敎授님

내가 대학에 다닐 때에는 '교수님'이라는 말이 없었다. 그저 서류상에 '담당 교수'니 '지도 교수'니 하는 말이 있을 뿐, 학생들은 모두 교수를 '선생님'이라고 불렀다.

그리고 세월이 흘렀다. 어쩌다 내가 늦은 나이에 교수가 되어 대학엘 가게 되었다. 그런데 가 보니 학생도 교수도 일반 직원들도 다 나를 '교수님'이라고 부르는 것이다. 나는 그렇게 불릴 때마다 이상한 거리감을 느꼈다. 그런 중에 그래도 나를 '선생님'이라고 부르는 후배 교수가 몇 있었다. 나는 그들에게 적잖이 친근감을 느꼈다.

왜 그 좋은 '선생님'이 '교수님'으로 바뀌었을까? '선생님'이라는 말에는 존경하는 마음이 배어 있지만 '교수님'이라는 말에는 학점學點밖에 떠오르는 게 없다. 그런데 왜일까?

교수를 보고 '교수님'이라고 부르는 것은 조금도 이상할 게 없다. 그러나 '교수님'이 '선생님'보다 높다고 생각해서 그렇게 부르는 것도 같아 나는 이 말을 잘 쓰지 않는다.

- 2003

수필작가 隨筆作家

　나는 가령 어느 문학 전문지의 추천을 받는다든지 무슨 현상 모집에 당선을 한다든지 하는 어떤 사회적인 공인 절차를 거치지 않고 수필가가 된 사람이다. 그래서 어떤 사람은 나를 보고 무면허 수필가라고도 하고 또 어떤 사람은 재야 수필가라고도 한다. 그러나 누가 나를 뭐라고 부르든, 나는 그런 것과 관계없이 이 '수필가'라는 이름을 사랑한다. 또 내가 수필가라고 불리는 것이 한편 부끄러우면서도 속으로는 은근히 기쁘기도 하다.

　그런데 요즈음, 누가 만든 말인지 '수필작가'라는 말이 자주 눈에 띈다. 문학 분야에서 '작가'라고 하면 으레 소설가나 극작가를 말하는데 왜 이런 말을 만들었을까? 탁월한 수필가를 보통 수필가들과 차별화하려고 그렇게 한 것일까? 아니면 혹 그렇게 해야 수필가의 위상이 높아진다고 생각했던 것일까?

　나는 탁월한 수필가가 못 되어도 좋고 위상이 낮은 수필가여도 좋다. 지금까지처럼 그냥 '수필가'로 남아 있고 싶다.

– 2003

사랑해요

　나는 지금까지 내 아내에게 사랑한다는 말 한 마디 못해 봤다.

내 아내도 나에게 사랑한다는 말 한 번 하지 않았다. 말하기 싫어서가 아니라 계면쩍어서 못하는 것이다. 아니, 낯간지러워서 못하는 것이다. 그러면서도 용케 연애도 하고 결혼도 하고 아이도 낳고 이렇게 살고 있다.

사실 사랑한다는 말은 우리처럼 계면쩍고 낯간지러워서도 못하는 말이지만, 설령 그렇지 않은 사람들이라 하더라도 내놓고 하는 말은 아니었다. 적어도 얼마 전까지는 그랬다.

그런데 요즈음은 오나가나 '사랑해요'다. 비단 연인이나 부부 사이만이 아니다. 물론 사랑하니까 '사랑해요' 하는데 무슨 참견이냐고 하면 할 말이 없다. 그런데 어째 내 귀에는 빈말 같게만 들리니 무슨 까닭일까?

'정말 사랑하는 사람은 눈빛으로 말하던데….'

— 2003

잘못 안 단어單語들

명복冥福

　내가 어느 중학교에서 학생들을 가르칠 때의 일이다. 한 녀석이 여름 방학에 편지를 보냈는데 그 결미에 쓰기를
　"그럼 선생님의 명복을 빌며 이만 줄입니다."
했다. 나는, 내가 오래는 살겠구나 하는 생각을 하며 혼자 웃었다. 산 사람 보고 죽었다고 하면 오래 산다는 속설이 떠올라서였다.
　녀석은 아마 '복福'자가 들어 있으면 다 좋은 말이려니 하고 이 말을 썼을 것이다. 물론 죽은 사람에게는 더없이 좋은 말이다. 그러나 산 사람에게는 결코 쓸 수 없는 말이다.
　"애야, 복福자가 들어 있다고 누구에게나 다 좋은 말은 아니다. 알겠니?"

- 2003

두주斗酒

술 많이 먹는 사람을 보고 '두주불사斗酒不辭'라 한다. '두주'는 말술이라는 뜻이다. 말술도 사양하지 않는다니 참 대단한 주량이다. 술 좋아하는 나도 그렇게는 못 한다.

그런데 조선 중종 때의 시인 김임벽당金林碧堂의 시에 '가빈무두주家貧無斗酒'라는 구절이 있다. 집안이 가난해서 말술이 없다? 당연하지 않은가? 세상에 이런 싱거운 시가 어디 있는가? 나는 이 시를 번역하다가 한참 붓방아를 찧었다.

그러다가 옥편을 펼쳐 보았다. '두斗'에는 말이라는 뜻 외에 구기(술이나 기름 같은 것을 풀 때 쓰는 국자 비슷한 것)라는 뜻도 있었다. 그러니까 이 시의 '두주'는 아주 적은 양의 술, 즉 말술이 아니라 잔술이라는 뜻이다. 집안이 가난해서 한잔 술도 없으니…, 이제는 말이 된다.

'두옥斗屋(아주 작은 집)', '두량斗糧(아주 적은 양식)' 같은 말도 잘 아는 내가 왜 그렇게 붓방아를 찧었을까? '말술'에 치우쳐 '잔술'을 잊었던 것일까?

– 2001

사모師母님

국어사전에서 '사모師母'를 찾아보면, "스승의 부인을 높이 이르는 말, 자기보다 위 되는 상대자의 부인을 높이 이르는 말"이라고 풀이된 것을 볼 수 있다. 그러나 이 말은 본래 '사부師父(아버지처럼 경애하는 스승)'의 대칭이므로, 단순히 '자기보다 위 되는 상대자'의 부인을 가리킬 수는 없는 말이다.

그런데 요즈음엔 아무나 다 '사모', 아니 그 극존칭인 '사모님'이다. 나는 자기 후배의 손을 잡으며 "자네 사모님도 평안하신가?" 하고 묻는 사람을 본 일이 있다. 몰라서 그랬을 것이다. 나는 또 나이 지긋한 교수가 자기보다 젊은 총장의 부인을 가리켜 '사모님'이라고 하는 것도 본 일이 있다. 그도 '사모'의 뜻을 몰랐던 것일까? 아닐 것이다.

나는 내 스승이거나 내가 스승으로 모실 만한 분의 부인이 아니면 '사모님'이라고 부르지 않는다. 나는 '사모'의 뜻도 잘 알고, 또 힘있는 사람에게 아부할 필요도 없으니까.

– 2003

술 이야기

막걸리

내가 중학교 3학년 때의 일이다. 잠시 외가에서 피난살이를 한 일이 있다. 그때 나는 마을 아이들과 어울려 산으로 나무를 하러 다녔다. 참 고되었다. 땡볕 속에 나무를 한 짐 해다 마당에 부리고 나면 내 외숙모께서 이따금 부엌으로 부르셨다. 외숙모의 손에는 투박한 사기대접에 불그스레한 보리막걸리가 찰찰 넘치고 있었다. 나는 그걸 받아 단숨에 들이켰다. 아, 정말 살 것 같았다.

막걸리는 모 심는 논에도 있고 벼 베는 들에도 있었다. 지나가는 나그네도 불러서 한잔 먹여 보내는 것이 그 시절의 인심이었다. 지금도 사무실을 새로 낸다든지 공장에 새 기계를 들여온다든지 하면 돼지머리를 놓고 막걸리를 따라 고사를 지내는 일이 있다. 그러나 이것은 행운을 비는 뜻도 다소 있지만 그보다는 더

친지들이나 일하는 사람들에게 술 한잔 먹이자는 뜻일 것이다.

나에게 있어서 막걸리는 삶의 고달픔을 씻어 주고 인정을 실어 나르는 술이었다.

– 1986

소주燒酒

요즈음, 사람들이 가장 많이 먹는 술이 소주가 아닌가 한다. 포장마차엘 가도 소주, 음식점엘 가도 소주다. 옛날에는 "술 한잔 하자." 하던 말을 지금은 "소주 한잔하자."고 한다. 나도 누구 못지않게 소주를 좋아하는 사람이다.

소주는 우선 값이 싸다. 삼겹살 구워 놓고 소주 한잔 마시는 것, 내가 내도 부담스럽지 않고 얻어먹어도 미안하지 않은 것이 바로 이 소주다.

소주는 그 싸한 맛이 일품이다. 빈속에 한 모금 싸하게 넘어갈 때 그 짜르르 하는 속은 아는 사람이나 안다. 이것이 바로 소주라는 것이다.

그러나 내가 소주를 좋아하는 것은 그보다 더 이 소주가 만들어 내는 분위기 때문이다. 땡 한번 부딪치고 죽 들이켜는 내 친구들, 그들은 품위 없는 말도 함부로 하는 사람들이다. 그런 자리에 앉아 함께 떠들다 보면 마음이 절로 평안해진다.

이 글 마치면 몇 녀석 불러내서 소주 한잔 해야겠다. 어떤 녀석이 안 불러 주나, 다들 고대하고 있을 것이다.

- 2003

빼갈 白酒

빼갈의 표준어는 배갈이다. 그러나 배갈은 좀 싱거운 것 같으니 빼갈이라고 해 두자. 빼갈은 흔히 고량주 또는 빼주라고도 하는 중국 술이다. 우리나라에는 별의별 음식점이 다 많지만 빼갈을 파는 데는 중국집밖에 없다.

우리 집 아이들이 어렸을 때 나는 아내와 함께 아이들을 데리고 우리 동네 중국집엘 더러 갔었다. 아이들은 자장면을 무척 좋아했다. 입술에 자장을 바르고 깔깔거리는 아이들을 바라보며 아내는 웃고 나는 빼갈 한잔을 들었다. 그때 겨우 초등학교에 들어간 큰녀석이

"장남이 따를게."

하며 서툴게 술을 따르던 모습이 지금도 눈에 선하다. 이제 이 아이들은 그때의 나만한 나이가 되었고 그때의 저희만한 아이가 있다.

지금도 나는 친구들과 더러 중국집엘 가서 돼지고기튀김에 빼갈잔을 든다. 그럴 때면 옛날의 우리 동네 그 중국집이 문득 그

립게 떠오르곤 한다.

— 2003

맥주麥酒

테니스에 삼락三樂이라는 것이 있다. 첫째는 타락打樂, 곧 치는 즐거움이다. 탕, 통랑한 음향을 튕긴 하얀 공이 적진에 예리하게 꽂힐 때 그 통쾌함이란 이루 다 말할 수가 없다. 둘째는 욕락浴樂이니 곧 몸을 씻는 즐거움이다. 땀범벅이 된 몸으로 대중탕에 들어가 마구 더운 물을 뒤집어쓸 때 그 개운한 기분을 무어라고 말해야 할까? 셋째는 음락飮樂이다. 이는 더운 물에 목욕을 한 후 피아군彼我軍이 함께 둘러앉아 찬 맥주 한잔하는 즐거움, 목욕탕 옆 구멍가게도 좋고 길 건너 호프집도 좋다. 서로 땡 한번 부딪치고 죽 들이켜면 천하가 온통 시원해진다.

나는 맥주를 그리 좋아하지 않는다. 배만 부르고 취기는 돌지 않으니까 그럴 것이다. 그러나 테니스를 했을 때만은 그 흰 거품 이는 노란 한잔을 포기할 수가 없다.

"아, 우리 고달픈 인생살이도 이렇게 한번 시원하게 넘어갈 수 있었으면…."

— 2003

정종 正宗

광화문 근처에 정종 대폿집이 하나 있었다. 서너 평이나 될까
말까 하는 아주 작은 집이었다. 나는 날씨 찬 겨울날 퇴근 때 더
러 그 집엘 들렀다. 언제나 사람들로 붐비었다.

안주는 참새구이나 은행 알 같은 것이었는데 값도 싸고 맛도
좋았다. 그 안주에 따끈한 정종 한잔 후 후 식혀 가며 비우고 나
면 어느덧 추위도 가시고 뱃속도 든든해졌다.

그런데 언제부터인지 나는 정종을 멀리하게 되었다. 소주나
빼갈 같은 독한 술이 좋아져서 그럴 것이다. 아버지 어머니 제사
나 명절 차례 때 빼고는 정종을 먹는 일이 거의 없다.

나는 그 좋던 막걸리도 시들해졌다. 그렇다면 왜 소주나 빼갈
같은 독한 술을 좋아하게 되었을까? 알 수 없다. 혹 세파에 찌든
마음이 모질어져서 그럴까?

– 2003

양주 洋酒

아내는 내가 술 먹는 것을 퍽 싫어한다. 그런데 자기 친구네와
어디 싸구려 관광이라도 다녀올 때는 위스키든 코냑이든 한 병
사 가지고 온다. 이상한 일이다. 어떻든 나는 아내의 그 술 한 병

이 다른 어떤 선물보다 반갑다.

내가 학교에 있을 때, 이따금 후배 교수들로부터 양주 선물을 받은 일이 있다. 그러면 몇몇 교수를 연구실로 불러 함께 마시거나 더러는 서랍 속에 넣어 놓고 피곤할 때 한잔씩 따라 마시거나 했다. 그때마다 나는 그들이 고마웠다.

지금도 가끔 양주 선물을 받는다. 요 얼마 전에는 젊은 수필가 한 사람과 점심 겸 소주 한잔을 같이했는데, 헤어질 때 그가 꾸러미 하나를 들려 주었다. 위스키였다. 그도 나만큼이나 술을 좋아하는 사람이다. 역시 고마웠다.

우리 집에는 그렇게 받은 양주가 몇 병 있다. 그러나 나는 그 양주를 바라보며 소주잔을 기울인다. 소주에 길도 들여졌지만 그 비싼 술 혼자 먹기엔 너무 아까워서 그럴 것이다.

— 2003

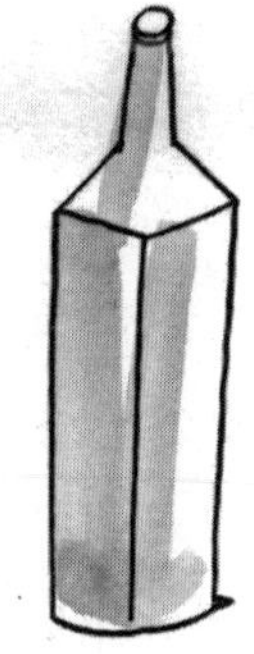

서민庶民의 음식飮食

곱삶이

내가 중학교 3학년 때의 일이다. 산골로 피난을 가서 나무를 하러 다닌 일이 있다. 그때 먹은 밥이 바로 곱삶이다. 곱삶이란 쌀 한 톨 없이 보리쌀만 두 번 곱삶은 순 진짜 꽁보리밥이다.

풋나무를 한 짐 해다 마당에 부릴 무렵이면 몹시 배가 고팠다. 그때 시커먼 곱삶이에 시뻘건 고추장 척척 발라 시큼한 열무김 치랑 큼직큼직 떠 넣으면 언제 씹을 사이도 없이 그냥 넘어갔다. 밥이 달았다. 아, 정말 살 것 같았다.

곱삶이는 험한 밥이다. 그러나 먹을 것 귀한 피난살이에 곱삶 이나마 먹을 수 있었던 것은 여간 다행한 일이 아니다. 힘든 피 난살이, 배곯는 사람도 많았다. 고마운 그 곱삶이….

그런데 지금은 '곱삶이'라는 말도 아는 사람이 드물다. 다들 잘도 살고 쌀도 남아도니까 그럴 것이다. 물론 우리는 우리 어린이들에게 곱삶이를 먹여서는 안 된다. 그러나 말은 가르쳐야 하지 않겠는가? 어려운 시절이 있었다는 사실도 함께.

- 2003

해장국

우리 동네에 선지 해장국집이 하나 있다. 나는 이따금 새벽에 그 집엘 간다. 우거지도 후물후물 푹 물렀고 선지도 인심 좋게 뻑뻑하다. 나는 소주를 좋아하지만 그때만은 막걸리여야 한다. 찬 막걸리 한 대접 죽 들이켜고 따끈한 국물에 선지 한 점 우물거리고 나면 답답하던 속이 확 풀린다.

우리 집에서 승용차로 한 20분 거리에 뼈다귀 해장국집이 하나 있다. 나는 일요일 아침, 아내와 초등학교 꼬마 두 녀석을 태우고 그 집엘 더러 간다. 국물도 시원하고 뼈에 붙은 살코기도 많다. 꼬마들은 할머니 앞에 그 뼈다귀를 치켜들고 공룡 뼈라며 깔깔댄다. 그러나 해장술은 할 수 없어 좀 섭섭하다.

자 여러분, 몇 푼 안 되는 돈으로 속을 풀고 싶거든 선지 해장국집엘 가시라. 몇 푼 안 되는 돈으로 꼬마들에게 생색을 내고 싶거든 뼈다귀 해장국집으로 가시라.

- 2003

순두부

나는 이따금 아내와 함께 도봉산道峰山엘 간다. 등산이라기보다는 그저 산책이다. 이 이야기 저 이야기 하며 걷다 보면 어느덧 점심때다. 그러면 내려와 순두부집엘 간다. 도봉산 어귀에는 순두부집이 많다. 아내는 순두부에 밥을 말아 천천히 뜨고 나는 아내의 눈총을 받으며 순두부를 안주삼아 소주 한잔을 기울인다. 겨우 순두부나 사 주는 내가 아내는 좀 섭섭할 것이다.

길을 가다가 친구를 만날 때가 있다. 그럴 때 제일 만만한 곳이 순두부집이다. 한낮에 해장국집엘 가자기도 그렇고, 그렇다고 빈 주머니로 비싼 집을 가잘 수도 없는 노릇이다. 자장면이 제일 쌀 것 같지만 중국집엘 가면 안주 하나는 시켜야 한다. 어떻든 자글자글 끓는 순두부에 소주 한잔 땡 하고 나면 그렇게 마음이 편할 수가 없다. 내 친구도 별수 없이 그런 사람이다.

내가 내 아내와 걷는 길에 순두부집이 있다는 것은 고마운 일이다. 내가 내 친구와 만나는 길에 순두부집이 있다는 것도 고마운 일이다.

- 2003

우거지국

내가 근무하던 학교 근처 올림픽공원 안에 큰 음식점이 하나 있다. 교문에서 천천히 걸어 5분 거리다. 나는 그 집의 우거지국을 좋아했다. 가기도 쉽고 맛도 있고 무엇보다 값이 싸서다.

이따금 내 연구실을 찾는 친구들이 있었다. 오다가다 들르는 사람도 있고 얼굴이나 보자며 멀리 찾아오는 사람도 있었다. 그럴 때가 혹 점심 무렵이면 나는 그들을 데리고 공원 안 그 음식점으로 갔다. 소주 한잔 죽 들이켜고 따끈한 우거지국에 밥을 말며 우리는 끊임없는 이야기를 나누었다. 그러노라면 창 밖엔 어느새 새잎이 푸르고 소나기가 퍼붓고 붉고 노란 단풍이 곱게 빛났다. 더러는 흰 눈이 내리기도 했다. 우거지국은 값이 싸지만, 이야기는 즐겁고 자연은 아름다웠다.

내가 보고 싶어서 찾아오는 내 친구들, 좀 나은 음식을 대접하고 싶은 때도 있었다. 그러나 그들이 한사코 마다했다. 유유상종類類相從인가?

– 2003

돼지머리고기

내가 전에 근무하던 중앙청 근처에 욕쟁이 할머니집이라고 있

었다. 다섯 평도 채 못 되는 작은 순대국집이다. 유명했다. 그러
나 순대국보다는 돼지머리고기로 더 유명했다. 바람 찬 겨울날
의 퇴근 때면 주머니 가벼운 공무원들로 늘 만원이었다.

숭숭 썰어서 한 쟁반 푸짐하게 내오는 그 돼지머리고기는 보
기만 해도 군침이 돌았다. 소주 한잔 땡 죽 들이켜고 고기 한 점
새우젓 꾹 찍어 널름 입에 넣고 나면 찬 바람 이는 허전한 뱃속
이 어느새 든든해졌다. 천 근 쇳덩이도 번쩍 들 것 같았다.

둘러앉은 동료들의 이야기는 늘 즐거웠다. 더러는 음담패설도
늘어놓고, 더러는 사라진 왕년을 과장하기도 했다. 갑자기 비분
강개하며 팔뚝을 휘젓다가 욕쟁이 할머니의 걸쭉한 욕지거리에
폭소도 터뜨렸다. 그러노라면 하루의 피곤이 싹 가셨다.

욕쟁이 할머니집은 별로 깨끗하지가 못했다. 아니, 구질구질했
다. 게다가 이리 앉으라 저리 앉으라, 좁혀 앉으라 다가앉으라, 할
머니의 잔소리도 퉁명스러웠다. 그런데도 늘 만원이었던 걸 생각
해 보면, 그런 집이 마음 편한 나 같은 사람도 많았던가 보다.

- 2003

보신탕

내 친구 박朴 선생은 보신탕을 먹지 않는다. 그러나 남이 먹는
것에 대해서는 퍽 관대해서 이러니저러니 말하는 법이 없다. 내

친구 강姜 선생은 아주 좋아해서 나보다 더 즐겨 먹는다.

그러고 보니 자연 강 선생과 어울리는 일이 많다. 가끔 박 선생도 같이 가지만 그는 늘 삼계탕을 든다. 삼복염천三伏炎天에 보신탕보다 더 든든한 음식이 있는지 나는 아직 알지 못한다.

윙윙 돌아가는 선풍기 소리, 껄껄대는 웃음소리들, 펄펄 탕 끓는 소리, "위하여!"를 외치며 잔 부딪치는 소리, 밖에서는 아스팔트가 엿가락처럼 척척 녹는데 방안은 온통 떠나가게 시끄럽다.

나는 보신탕집엘 갈 때마다 진한 생활감生活感을 느낀다. 무더위를 저 아래다 무릎을 꿇리고 나면 허약한 내 몸에 힘이 솟는다. 그런데 이놈의 보신탕 값이 자꾸 오르니….

- 2003

떡餅이야기

흰떡白餅

설이 되면 다 차례를 지내고 떡국을 먹는다. 그 떡국의 재료가 되는 떡이 바로 가래떡 썬 것이다. 하얀 떡, 우리 고향에선 그걸 흰떡이라고 했다.

지금 이 글을 쓰자니 옛날의 그 산골, 집안 아저씨들이 떡메 치던 모습 위로, 둘러앉아 떡을 썰던 할머니, 어머니, 큰어머니, 그리고 사촌누나들의 모습이 겹쳐 떠오른다. 그것은 큰 축제였다.

나는 지금 아버지 어머니 두 분의 제사(차례)를 모신다. 설이 오면, 아내는 불린 쌀을 건져 이고 동네 방앗간엘 가서 가래떡을 뽑아 왔다. 그러면 두 제수씨가 와서 함께 썰었다. 한데 이제 아내는 그게 힘든 모양이다. 그렇다고 다른 일 많아 바쁜 며느리들에게 시키기도 어려운 듯. 지난 설에는 떡을 사다가 떡국을 끓였

다. 사온 떡을 그냥 놓는 게 아니고, 꾸미도 만들고 끓이기도 하
는(정성을 들이는) 과정이 있으니 괜찮지 않느냐고 했다.

　이렇게 쓰고 보니, 떡메 치는 소리, 둘러앉아 떡 써는 모습, 하
나하나 사라져간 지난날이 그립게 떠오른다.

- 2003

송편松餠

　해마다 봄이 되면 우리 집 뜰에 쑥이 많이 난다. 아내는 그 쑥
을 뜯어다 삶고 그걸 비닐봉지에 넣어 냉동실에 보관한다. 돌아
오는 추석, 송편 만드는 데 쓸 것이다.

　떡국은 비록 떡을 사다 끓일망정 송편은 집에서 빚자는 것이
아내의 지론이다. 남이 만든 송편을 손 하나 안 대고 그냥 차례
상에 놓기도 개운치 못하거니와 초등학교 꼬마들까지 죽 둘러앉
아 송편 빚는 것이 보기 좋다는 것이다.

　추석 전날 저녁때면, 아내와 두 제수씨, 두 며느리, 두 조카며
느리, 그리고 두 꼬마들까지 죽 둘러앉아 송편을 빚는다. 오랜만
에 만나 도란거리는 말소리, 두루뭉수리 한 개 만들어 들고 깔깔
대는 꼬마들의 웃음소리로 마루 하나가 가득 찬다.

　두 아우와 여러 조카들은 내일 아침 일찍 온다. 그러면 또 집
안이 왁자하다. 그리고 차례가 끝나면 아내는 집집마다 송편을

싸 보내느라 여전히 손길이 바쁘다. 싸 보내는 재미도 괜찮은 모양이다.

- 2003

가을떡

요 며칠 전, 아랫집에서 가을떡을 했다며 떡 한 접시를 가져왔다. 팥고물 놓은 시루떡이다. 따끈했다. 서울 한복판에 웬 가을떡? 나는 순간 신기한 생각이 들었다. 주인 양반이 나이 지긋한 분이라 혹 고향 생각이 났던 것일까? 나도 그 한 조각을 떼어 먹으며 잠깐 향수鄕愁에 젖었다.

옛날 내가 자라던 그 마을에서도 추수가 끝나면 가을떡을 해 이웃에 돌렸다. 담 너머로 울 사이로 서로 오고가던 떡 모판이 지금 내 눈에 선하다. 아랫집 주인 양반도 그럴 것이다.

가을떡은 봄, 여름 애써 일한 사람들이 모처럼 허리 한번 펴고 해 먹는 떡이었다. 잠시나마 고달픔을 잊게 하는 떡이었다. 가을떡은 저만 먹는 게 아니고 이웃과 나누어 먹는 떡이었다. 작지만 이웃끼리 정을 나누는 따끈한 떡이었다.

그런데 나는 왜 그 가을떡을 보고 신기한 생각을 했을까? 너무 오래 가을떡 없는 세상을 살아서였을까?

- 2003

그리운 사람들

달걀 한 꾸러미

나는 서울사대를 졸업하고 곧 충남 논산농업고등학교에 부임했는데, 이것은 부임해서 얼마 안됐을 때의 일이다. 하루는 퇴근을 했더니 하숙방 한쪽에 달걀 한 꾸러미가 놓여 있었다.

"이게 웬 거예요?"

내가 묻자 주인 아주머니가 말했다.

"선생님 출근하시고 한참 돼서 어떤 학생이 자전거에 매달고 왔어요. 누구냐니까 말을 안해요. 그냥 선생님 드리라고만 하고 갔어요. 아마 자전거 통학생인가 봐요."

나는 이튿날 그 아이를 찾아보려고 하다가 그만두었다. 자전거 통학생이 한둘도 아니려니와 내가 찾는다고 나요 하며 나타날 아이도 아니었을 것이다. 우연히라도 알게 되었으면 싶었지

만 결국 알지 못했다. 그러나 지푸라기로 엮은 그 달걀 한 꾸러
미는 40여 년이 지난 지금도 내 가슴에 남아 있다.

- 2003

어떻게 내 인격_{人格}까지

인천 제물포고등학교는 공부 잘하는 학교로도 유명했지만 그
보다는 무감독 시험으로 더 유명했다. 그런데 이 학교에는 엄격
한 규칙이 있었다. 낙제를 두 번 하면 퇴교를 해야 하는 것이다.

다음은 한 학생이 낙제를 두 번 하고 퇴교를 할 때, 그 한 장면
을 그린 누군가(그의 친구인 듯)의 대화록이다.

"낙제 두 번 하면 퇴교당한다는 것 몰랐니?"

"왜 몰랐겠니?"

"그럼 시험 볼 때 커닝하고 싶지 않았니?"

"하고 싶었지만 하지 않았어. 공부 못해서 낙제를 하는 것도 서
러운데 어떻게 내 인격까지 낙제를 하겠니?"

그리고 그 학생은 학교를 떠났다. 물론 다른 학교로 갔을 것이
다. 어렵게 들어온 그 좋은 학교를 떠날 때 그의 마음이 얼마나
아팠을까? 그러나 그 높은 자존심….

- 2003

비과세非課稅 증명서

　내가 인천 제물포고등학교에서 2학년을 담임할 때의 일이다. 우리 반에 퍽 어려운 아이가 하나 있었다. 아버지가 사업에 실패를 해서 가족은 시골에 가 살고, 그애는 학교 온실을 돌보며 거기서 자취를 했다. 그리고 중학생 몇 명을 가르쳤다.

　나는 그애를 돕고 싶었지만 셋방살이하는 교사의 얇은 월급봉투로는 어쩔 수가 없었다. 그래, 서무과장에게 무슨 방도가 없겠느냐고 물었다. 그가 말하기를, 그애의 부모가 사는 주소지 면사무소에 가서 비과세(극빈자) 증명서를 떼어 오면 수업료를 면제받을 수 있다고 했다. 나는 곧 그애를 교무실로 불러 어서 집에 다녀오라고 일렀다. 그애는 네, 하고 나갔다. 그런데 금방 되돌아왔다.

　"왜 안 가구?"

　"선생님, 전 똑같은 조건하에서 경쟁하고 싶습니다."

　순간 나는 담임으로서의 내 성의가 무시된 것 같아 괘씸한 생각이 불끈 솟았다. 그애는 결국 비과세 증명서를 떼어 오지 않았다. 선생을 가르치던 아이들.

- 2003

청소清掃 대물림

　내가 한국체육대학에 있을 때의 일이다.

　하루는 연구실 청소를 하는데 복도를 지나가던 여학생 한 아이가 깜짝 놀란 듯 들어와 내 걸레를 빼앗아 들었다. 그리고는 돌아갈 때 연구실 열쇠를 하나 복사해 달라고 했다. 그러면 틈틈이 와서 청소를 하겠다는 것이다. 그래, 이튿날 연구실 열쇠를 하나 깎아 주었다.

　그러던 어느 날 나는 그 아이에게 돈 몇 푼을 주었다. 그 아이는 한사코 싫다 했다. 그래, 내가 "선생이 주면 고맙습니다, 하고 받는 게지 무슨 잔소리가 그렇게 많니? 너 이 다음에 돈 많이 벌면 나 이따금 용돈 좀 다오." 했더니 부끄러운 웃음을 띠고 마지 못해 받았다.

　4학년이 되어 교생실습을 나갈 때 그 아이는 연구실 열쇠를 제 후배에게 인계했다. 이렇게 대물림으로 내 연구실을 거쳐간 아이들이 내가 정년으로 물러날 때까지 모두 다섯이다. 착하고 고마운 아이들이다. 어떻게들 사는지, 이따금 보고 싶을 때가 있다.

- 2003

빨간 꼬리등尾燈

요 몇 년 전의 일이다. 시내에서 친구들과 술 한잔을 하고 우리 동네 미아 3거리 전철역에 내렸다. 어둠이 짙어 오고 있었다. 누가 선생님, 하고 나를 불렀다. 한국체육대학에서 내가 가르친 한 녀석(졸업생)이었다. 녀석은 "선생님, 좀 취하셨네요. 어딜 다녀 오세요?" 하면서 나를 부축했다. 나는 녀석에게 몇 마디하고는 이제 괜찮다며 혼자 가겠다고 했다. 그러나 녀석은 길 건너에 세워 둔 제 차에 억지로 나를 태우고는 우리 집 대문 앞에 내려놓았다.

"들어가서 차나 한잔하고 가거라."

내가 말했다. 그러나 녀석은 바쁘다면서 그냥 갔다. 술 취한 선생과 무슨 이야기를 하나, 혹 그래서였을까? 아닐 것이다. 무슨 바쁜 일도 있었겠지만 폐스러워서 더 그랬을 것이다.

나는 녀석이 모는 차의 빨간 꼬리등이 안 보일 때까지 대문 앞에 그냥 서 있었다.

— 2003

금반지

내가 한국체육대학에서 환갑을 맞을 때의 일이다. 그때 같은

교과에 이우영李宇榮(국어학, 시인), 이재원李載元(고전문학), 두 후배 교수
가 있었다. 어느 날 이우영 교수가 찾아와 말했다.

"국문과도 없는 대학의 교양과정 교수는 외롭습니다. 그러니까
이번에 정 선생님 회갑기념논문집을 크게 내고 봉정식도 멋지
게 치릅시다. 이 일은 제가 이재원 선생과 함께하겠습니다."

나는 안 된다고 했다. 아무 한 일 없는 내가 무슨 염치로 남에
게 폐를 끼치겠는가? 그래 하자 말자 다투다가 결국 타협안으로
나온 것이 학계와 문단 여러분의 글(논문 아닌 수필)을 모아 책을 만들
되 봉정식은 절대로 안한다는 것이었다. 그래서 나온 책이 ≪한
국 수필문학의 오늘≫이다.

책이 나온 며칠 뒤 두 교수가 그 부인들과 함께 어느 음식점으
로 우리 내외를 초대했다. 그들은 우리 둘에게 각각 묵직한 금반
지 하나씩을 끼워 주었다. 너무 고마웠다. 그러나 이우영 교수는
지금 이 세상에 있지 않다. 그리운 사람.

- 2003

보통 사람들

한 말과 들은 말

어느 여자 고등학교의 3학년 교실.

지금 담임선생님께서 한 학생씩 교탁 앞으로 부르시고, 지난 번에 실시한 모의고사 성적표를 나누어 주고 계시다. 한 학생이 불려 나간다. 고개를 푹 숙인 폼이 성적이 별로 좋지 못한 모양이다. 아니나 다를까, 선생님께서 한 말씀 하신다.

"이래 가지고 대학 가겠니? 넌 얼굴은 예쁜데 공부는 왜 이 모양이니?"

성적표를 빚아 든 학생은 고개를 숙인 채 배시시 웃으며 제자리에 가 앉는다. 기분이 별로 나쁘지 않은 모양이다. 담임선생님께서 하신 말씀은 물론 공부 못한다는 꾸중이었지만, 그러나 학생이 들은 말씀은 얼굴 예쁘다는 칭찬이었다. 왜 기분이

나쁘겠는가?

- 2003

콩나물과 계란

최근에 읽은 수필이 한 편 있다. 아들딸 다 시집 장가 보내고 영감님과 단출히 사는 한 여류 수필가가 자신의 시장 보는 이야기를 쓴 것이다. 다음에 한 문단 옮겨 본다.

어느 날 콩나물 천 원어치를 샀는데 너무 많았다. 퇴하기가 어려워 그냥 들고 계란집으로 갔다. 계란집 새댁이 콩나물이 참 맛있어 보인다기에 절반을 덜어 주고 왔다. 집에 와 보니 계란 두 개가 더 있었다. 다음 장날 돈을 주려 했더니 알고 더 넣은 것이라며 콩나물 맛있게 먹었다는 말만 앞세웠다.

- 박세경 <덤과 에누리>

나는 이 글을 읽으면서, 콩나물이 비록 많다 하더라도 그 절반을 선뜻 덜어 주는 마음, 계란 두 알을 몰래 넣는 그 마음이 퍽 감동적이었다.

이것이 우리들 보통 사람의 인정이다. 인정은 꼭 무슨 큰 것에서만 우러나는 것이 아니다. 작은 것에서도 인정은 아름답다.

- 2003

세배歲拜와 연하장年賀狀

　김 선생은 정년을 맞아 대학을 물러난 지 금년으로 7년이다. 그런데 후배 교수 박 선생은 김 선생이 대학에 있을 때와 똑같이 정년 후에도 해마다 세배를 왔다. 물론 김 선생은 오지 말라고 했다. 그러나 박 선생은 듣지 않았다.

　이것은 재작년의 일이다. 세배를 온 박 선생을 보고 김 선생이 말했다.

　"자네도 이제 집에 앉아 세배 받을 나이야. 이제는 됐네."

　그러나 다음해에도 박 선생은 또 세배를 왔다. 고맙고 미안했다. 김 선생은 박 선생이 들고 온 술을 먹지 않고 오래오래 두고 보았다.

　그런데 이번 설에는 박 선생이 오지 않았다. 우편물을 점검하다 보니 그 속에 박 선생의 연하장이 한 장 섞여 있었다. 저도 집에 앉아 세배를 받아야지 하면서도 그 연하장이 그렇게 야속할 수가 없었다. 그러나 김 선생을 보고 너무 염치없다고 다그치지 말라. 그도 보통 사람이니까….

- 2003

할아버지와 아저씨

윤 영감이 시장엘 갔다. 마나님 약 달이는 데 쓰려고 대추 한 줌 사러 간 것이다. 대추 파는 가게가 둘 마주보고 있다. 동쪽 가게 아주머니가 손짓을 하며 부른다.

"할아버지, 무얼 찾으세요? 이리 오세요."

서쪽 가게 아주머니도 손짓을 하며 부른다.

"아저씨, 무얼 찾으세요? 이리 오세요."

윤 영감은 동쪽 가게 아주머니 한번 흘깃 보고는 서쪽 가게 안으로 쑥 들어갔다. 윤나는 붉은 대추가 알알이 소담스러웠다.

– 2001

똑같은 '할아버지'인데

볕 좋은 마루다. 김 영감이 신문을 본다.

"할아버지, 우리 오목 둬요."

초등학교 2학년짜리 큰놈이다. 김 영감은 선뜻 그러자며 신문을 접는다. "할아버지!" 하고 부르는 큰놈이 김 영감은 늘 대견스럽다. 바둑판을 가운데 두고 마주앉으면 공연히 든든해진다.

만원 지하철이다. 김 영감이 차에 오른다.

"할아버지, 여기 앉으세요."

스물서넛 돼 보이는 청년이다. 김 영감은 괜찮다며 두어 번 사양하다가 결국 앉는다. "할아버지!" 하고 부르는 청년이 김 영감은 늘 고맙다. 그러나 그 고마움이 채 가시기도 전에 공연히 허전해진다.

- 2001

맞선을 보고

박 영감이 상처를 한 후 1년이 지났다. 착한 그 아들이 여기저기 알아보았다. 마침 곱게 나이든 과수댁이 하나 있었다. 어느 날 아들이 아주 조심스럽게 여쭈었다.

"아버지, 좋은 분이 한 분 계시는데 한번 만나 보시지요."

박 영감은 아들이 하자는 대로 했다. 그런데 맞선을 보고 돌아온 박 영감은 말이 없었다. 저녁도 안 먹고 휙 나갔다. 그만하면 괜찮은데 왜 저러실까? 아들은 까닭을 알 수가 없었다.

그날 밤, 동네 대폿집. 얼큰해진 박 영감이 소주 한 병을 더 시키고는 마주앉은 이 영감을 보고 말했다.

"싫다는 맞선, 보라 보라 해서 나갔더니, 어디서 다 늙은 할망구 하나 데려다 놓았데그려. 내 원 세상에."

- 2001

그것이 좀 서운하다

지난겨울 어느 날, 저녁을 먹고 담배를 사러 가는데 담배 파는 구멍가게 앞 방범초소에 스물 남짓한 방범대원 두 사람이 앉아 있었다. 날씨가 추워서 그런지 좀 쓸쓸해 보였다.

그래 무얼 좀 먹였으면 싶어서 초소의 문을 열고 "나 저기 저 집에 사는 사람일세. 시장들 하지? 누구 한 사람 날 따라오게." 했다. 그들은 괜찮다고 하다가 하나가 따라왔다. 그리고 무얼 사 줄까 물었더니 한밤중 출출할 때 끓여먹게 라면이나 몇 개 사 달라고 했다. 나는 구멍가게 할머니에게 라면 한 상자를 내주라고 했다. 그 뒤로 내가 담배를 사러 가면 구멍가게 할머니는 입이 닳도록 "그 사람들이 얼매나 교수님을 고맙다카는지 몰라예." 했다. 또 그들도 나를 보면 "안녕하세요, 교수님?" 하고 반갑게 인사를 했다.

그런데 요 얼마 전에 보니 그들은 없고 웬 노인네 둘이 앉아 있었다. 이제는 그들의 인사를 못 받게 되었다. 나도 보통 사람이라 그것이 좀 서운하다.

- 1993

노동 老童 들의 한때

한 달에 한 번씩 노동들 7, 8명이 모여 점심을 함께하는 모임이 있다. 그들은 서울서 먼 어느 산골 고등학교를 함께 다닌 자칭 촌놈들이다.

그들의 언어는 전혀 품위가 없다. 처음에야 물론 "오랜만이다.", "잘 지냈니?" 하지만, 한잔만 들어가면 말끝마다 "이 새끼"다. 언젠가 한번은 좀 얼큰해진 한 녀석이 일갈하여 왈,

"느이들 나이가 몇이니? 이제는 이 새끼 저 새끼 하지 마라. 알았어, 이 새끼들아?"

그들은 이 품위 없는 언어에 소주잔을 싣고 어느새 산골 그 그리운 고등학교 시절로 돌아간다. 선생님이 안 오셔서 와 신나던 그 교실, 석양빛에 어울려 공을 차던 그 운동장, 여학교 한 아이 때문에 애태우는 녀석을 달래며 함께 걷던 학교 뒤 그 둑길, 그 길을 걸으며 내려다보면 맑게 흐르는 냇물 위에 산 그림자가 거꾸로 비쳐 있었다.

이 노동들은 특별히 잘나지도 못나지도 못한 그저 그런 보통 사람들이다. 그러나 나는 이 노동들의 한때가 늘 즐겁다.

– 2003

좀 이상한 사람들

김 선생의 술자리

내가 잘 아는 김 선생은 50대 중반, 술을 퍽 좋아하는 사람이다. 나는 어쩌다 부득이해서 그와 어울릴 때가 있다.

그는 우선 지난주에 술 먹은 이야기부터 꺼낸다. 늘 듣는 비슷한 소리, 누구누구와 어울려 어디어디를 돌아다니며 새벽 몇 시까지 먹었는데 아무개가 미리 계산을 해서 또 신세를 졌다는 내용이다. 함께 마셨다는 그 누구누구는 제법 이름이 알려진 사람이고 그 어디어디라는 곳은 물론 비싼 술집일 때가 많다.

그 다음에는 또 왕년의 성공담 실패담을 늘어놓는다. 그런데 그 실패담이라는 것도 사실은 자신의 영웅적인 모습을 부각시키려는 것이지 무슨 반성하는 뜻이 들어 있는 것은 아니다. 어떻든 그는 옆 사람에게 말할 기회를 주지 않는다.

세상에는 자신을 과장하지 않아도 충분히 남의 존경을 받는 사람이 많다. 그러나 김 선생은 안타깝게도 그런 사실을 모르는 것 같다.

- 1989

어느 선배님

내가 50대 때 어느 아는 분의 소개로 60대 한 분을 만나게 되었다. 그는 나하고 고향도 다르고 학교도 다르고 함께 근무한 일도 없고, 말하자면 전혀 개인적인 인연은 없지만 나이가 위여서 나는 그를 선배님이라고 불렀다.

우리(내 친구들) 몇 사람은 이따금 그 선배님을 모시고 저녁 식사를 함께하곤 했다. 식당을 나오면서 누가 계산을 하면 그는 뒤에서 만면에 웃음을 띠고, "잘 먹었네. 다음엔 내가 사지." 했다. 그러나 차 한 잔 사는 일이 없었다.

저녁을 함께하고 돌아올 때면 그는 늘 택시를 타자고 했다. 그와 나는 같은 방향이었는데 내가 조금 더 멀었다. 그는 중간에 내리면서 여전히 웃는 얼굴로 "오늘 즐거웠네. 잘 가게." 했다. 그러나 택시값 한 번 내는 일이 없었다.

그는 돈도 있고 사회적인 지위도 있다면 있는 사람이었다. 나는 언제부터인지 매사를 그런 웃음과 빈말로 때우는 그가 싫었다. 내 친구들도 그랬을 것이다. 그는 헛약은 사람이었다.

- 2003

표절剽竊에 관하여

나는 좀 오래 전에 수필문학隨筆文學의 구성構成에 관한 논문을 한 편 쓴 일이 있다. 이는 피천득皮千得 선생의 〈인연因緣〉과 〈나의 사랑하는 생활〉의 구성을 분석 대조한 것이다.

그런데 요 몇 년 전 어느 수필 계간지를 보았더니 눈에 익은 논문이 한 편 실려 있었다. 읽어 보았다. 그것은 앞에 말한 내 논문의 본론 중 〈나의 사랑하는 생활〉 부분을 그대로 옮기고 그 앞 뒤에다 몇 줄의 서론과 결론을 덧붙인 것이었다.

나는 곧 그 잡지의 편집인(어느 대학 교수)에게 전화를 했다. 그는 매우 죄송해하며, "필자는 현직 교사인데 제가 석사과정에서 가르치고 있습니다. 논문 쓸 때 참고하라고 선생님 논문을 주었는데 무얼 잘못 생각했네요. 검토 없이 실은 저도 드릴 말씀이 없습니다." 했다. 나는 "학생이라니까 더 말하지 않겠지만 단단히 타이르세요." 하고 전화를 끊었다. 그러나 개운치가 않았다.

학생이든 교사든 표절은 곧 도둑질이다. 남의 글 도둑질해서 제 이름 내면 무얼 하는가?

- 2000

우화寓話

까마귀와 여우

까마귀가 고기 한 덩이를 물고 나뭇가지에 앉았다. 지나가던 여우란 놈이 그걸 빼앗고 싶어서 까마귀를 보고 말했다.

"그대는 몸도 장대하거니와 깃 또한 윤이 흘러 아름답구려. 듣건대 그대가 노래를 잘 부른다 하니 한 곡조 들려줄 수 없느뇨?"

까마귀가 기쁨에 겨워 노래를 부르려고 입을 여니 미처 소리도 내기 전에 고깃덩이가 땅에 떨어졌다. 여우가 쏜살같이 달려들어 주워들고는 까마귀에게 말했다.

"다른 날에 까닭 없이 그대에게 아첨하는 자가 있거든 그대는 모름지기 조심할진저!"

장자莊子의 이야기다.

그럼 그 다른 날에 까마귀는 조심을 했을까? 누가 말했다.

"한다고는 했겠지만 또 속았을 거야. 나는 아직 여우의 아첨에 안 넘어가는 까마귀를 못 보았거든."

– 2003

살릴 생각이 있었으면

누가 부르기에 돌아봤더니, 수레가 지나가 움푹 팬 곳에 붕어 한 마리가 팔딱이고 있었다.

"너는 누군데 그러고 있느냐?"

"저는 동해東海의 파신波臣(물고기의 별칭)입니다. 한 말의 물만 있으면 저는 살 수 있습니다. 저를 살려 주십시오."

"알았다. 살려 주마. 내가 지금 오吳나라와 월越나라 임금을 찾아가는 길이다. 가면 그 임금들로 하여금 양자강揚子江을 범람케 하여 너를 맞이하도록 하겠다."

"지금 한 말의 물이면 족히 살 수 있는데 어찌 뒷날의 강물 이야기를 하십니까? 그때가 되면 저는 이미 건어물 가게에 가 있을 것입니다."

장자莊子가 들려준 이야기다.

붕어는 얼마나 기가 막혔을까? 누가 말했다.

"붕어를 살릴 생각이 있었으면 물 한 말 못 구해 오겠나? 그 사람 처음부터 살릴 생각이 없었던 거야."

- 2003

갈매기와 들까마귀

바닷가에 갈매기를 좋아하는 사람이 하나 있었다. 그는 매일 아침 바다에 나가 갈매기와 놀았다. 그에게 모여드는 갈매기가 백을 넘었다.

어느 날 그의 아버지가 말했다.

"들으니 갈매기가 너를 따라 논다더구나. 한 마리 잡아 올 수 없겠니? 가지고 놀고 싶구나."

그가 대답했다.

"네, 그리하겠습니다."

이튿날 바다에 나가 보니 갈매기들은 하늘을 날며 한 마리도 그에게 내려오지 않았다.

열자列子의 이야기다.

무슨 뜻일까? 순수한 마음을 잃으면 사람들이 가까이 오지 않는다는 그런 뜻일까? 그러나 그렇지 않은 경우도 있다. 힘 있는 사람은 순수한 마음이 없어도 사람들이 모여든다. 누가 말했다.

"아니야. 거기 모여드는 사람들은 그러니까 갈매기가 아니라 들까마귀야."

- 2003

올빼미의 이사

어느 날, 한 마을에 사는 비둘기와 올빼미가 길에서 만났다.
비둘기가 물었다.
"자네 어딜 가는가?"
올빼미가 대답했다.
"저쪽 마을로 이사를 가는 길일세."
"왜 이사를 가는가?"
"이 마을 사람들이 내 울음소리를 싫어한다네."
"그렇다면 자네 울음소리를 고쳐야지. 이 마을 사람들이 싫어
하는 소리를 저 마을 사람들이라고 좋아하겠는가?"
설원說苑에 실려 있는 이야기다.
비둘기의 말이 그럴듯하다. 누가 말했다.
"그럴듯하기는 뭐가 그럴듯해? 이건 옛날이야기야. 지금은 이
마을 사람들이 싫어하는 소리일수록 저 마을 사람들이 좋아하
는 세상이라는 것 몰라?"

- 2003

회蛔 이야기

우리 몸안에 회蛔라는 벌레가 있다. 이 벌레는 한 몸에 입이 둘

이어서, 먹이를 보면 그 두 입이 서로 제가 먹으려고 싸운다. 그러다가 이 입이 저 입을 물어뜯고 저 입이 이 입을 물어뜯어 결국 그 한 몸이 죽고 만다.

이제 나라의 신하들이 서로 권력을 차지하려고 싸우다가 나라를 망치게 하니, 이들이 저 회라는 벌레와 무엇이 다르겠는가?

한비자韓非子가 한 말이다.

회라는 벌레는 입이 하나에 입술이 셋이라는데, 그렇다면 이것은 한비자가 잘못 알고 한 말 아닌가? 누가 말했다.

"이 사람 별 쓸데없는 걸 가지고 시비네. 한비자의 이 말은 천 번 만번 잘 알고 한 말이야."

- 2003

교만驕慢함이 없게 하라

주周나라 주공周公의 아들 백금伯禽이 노魯나라에 봉해져 갈 때 주공이 백금에게 말했다.

"나는 문왕文王의 아들이요, 무왕武王의 아우요, 지금 왕成王의 작은아비다. 그러나 머리를 감을 때 혹 선비가 찾아왔다고 하면 젖은 머리를 움켜쥐고 나가 맞기를 한 번 머리 감을 때 세 번씩 했으며(一沐三握髮), 밥을 먹을 때 혹 선비가 찾아왔다고 하면 입 안에 든 것을 토해내고 나가 맞기를 한 번 밥 먹을 때 세

번씩 하면서도(一飯三吐哺), 천하의 어진 선비를 잃을까 두려워했
다. 네가 노나라에 가거든 늘 삼가며, 나라로서(왕이라 하여) 사람
들에게 교만함이 없게 하라."

십팔사략十八史略에 전하는 이야기다.

주공은 임금 자리 한번 앉아 보지 못했지만 성인聖人으로 추앙
받는 인물이다. 누가 말했다.

"추앙받을 만하지. 높은 신분이면서도 선비들에게 겸손하
고, 임금이 되어 가는 아들에게 삼가기를 가르친 사람, 끼리
끼리 해먹으면서 큰소리나 떵떵 치는 사람들은 그 뜻을 모
를 것이다."

- 2003

이것이 무슨 새인가요

초楚나라 장왕莊王이 즉위 3년에 영令 한번 내지 않고 밤낮으로
음악이나 즐기면서 하는 말이, 누구든지 이를 간諫하는 자는 죽
는다 했다.

그래 신하인 오거伍擧가 "새가 언덕을 차지하고 앉아 3년이나
날지도 울지도 않으니 이것이 무슨 새인가요?" 하니, 임금이 말
하기를 "3년을 날지 않았으나 한번 날면 장차 하늘을 찌를 것이
요, 3년을 울지 않았으나 한번 울면 장차 사람을 놀라게 할 것이

다." 했다. 신하인 소종蘇從 역시 들어가 간했다. 이에 왕이 왼손으로 소종의 손을 잡고 오른손으로 칼을 뽑아 종鐘과 고鼓 등 모든 악기를 부수고, 이튿날은 정사政事를 처리하며, 오거와 소종에게 대임大任을 맡기니 나라 사람들이 크게 기뻐했다.

십팔사략十八史略에 전하는 이야기다.

일명경인一鳴驚人(한번 울어 세상 사람들을 놀라게 한다)? 참 대단하다. 누가 말했다.

"그러나 그런 것과 관계없이, 죽음이 두려워 간하지 못하는 신하, 충간忠諫 앞에 펄펄 뛰는 임금은 이 이야기가 무슨 뜻인지 모르겠지."

- 2003

고사故事

가짜 농부

송宋나라에 곡식이 빨리 자라지 않는 것을 딱하게 생각하는 사람이 하나 있었다. 해서 어느 날 들엘 나가 그 답답하게 자라는 곡식의 싹들을 쏘옥쏘옥 빼올렸다. 그리고 집에 돌아와 말했다.

"아, 피곤하구나. 내가 오늘 들에 나가 곡식의 싹들이 빨리 자라도록 도왔느니라."

이 말을 들은 그의 아들이 들엘 나가 보았다. 곡식이 모두 배들배들 말라비틀어져 있었다.

맹자孟子의 이야기다.

조장助長이라는 말은 여기서 나온 것인데 본래는 성장을 돕는다는 뜻이다.

아들은 기가 막혔을 것이다. 누가 말했다.

"그 송나라 사람 가짜 농부야. 진짜라면 어떤 미친 놈의 농부가 그러겠나? 흙 냄새 한 번 못 맡아 본 가짜들 데려다 논밭 맡기면 그러게 마련이지."

- 2003

똑같은 일곱 개인데

송宋나라 저공狙公은 원숭이를 좋아하여 많이 길렀는데, 그러다 보니 수가 불어나서 먹이를 걱정하게 되었다. 그래 가만히 생각해 보니 하루에 도토리 일곱 개씩으로 제한하면 될 것 같았다. 해서 시치미를 뚝 떼고 원숭이들에게 말했다.

"너희들의 먹이로 하루에 도토리 일곱 개씩을 주기로 하겠다. 아침에 세 개, 저녁에 네 개씩 주면 괜찮겠느냐?"

원숭이들이 모두 화를 내며 일어섰다.

"그럼 아침에 네 개, 저녁에 세 개씩 주면?"

원숭이들이 모두 기뻐해 마지않았다.

열자列子에 전하는 이야기다.

이 이야기에서 조삼모사朝三暮四라는 말이 나왔는데 이 말 자체는 아침에 셋, 저녁에 넷이라는 뜻이다. 저공은 참 간악한 사람이다. 누가 말했다.

"간악하지. 그러나 먹이가 도토리 일곱 개로 준 것은 모르고,
똑같은 일곱 개를 가지고 아침에 더 준다니까 기뻐하는 원숭이
놈들이 나는 더 한심하네."

– 2003

입을 다문 사람

초楚나라에 창矛과 방패盾를 파는 사람이 하나 있었다. 그는 먼저 그의 방패를 치켜들고,
"이 방패를 보시오. 이 세상의 어떤 창으로도 이 방패는 뚫지 못합니다. 자, 방패요, 방패."
하고 외쳤다. 다음에는 그의 창을 들어 보이며
"이 창을 보시오. 이 세상의 어떤 방패로도 이 창은 못 막습니다. 자, 창이요, 창."
하고 또 외쳤다. 그때 구경꾼 한 사람이
"그럼 그 창으로 그 방패를 뚫으면 어찌되오?"
하고 물었다. 창과 방패를 팔던 그 초나라 사람은 입을 다물고 아무 말도 하지 못했다.
한비자韓非子의 이야기다.
이 이야기는 세상에 널리 퍼져, 그 초나라 사람은 이웃 나라의 어린 중학생들에게까지 조롱을 받는 딱한 신세가 되고 말았다.

우리가 흔히 쓰는 모순矛盾이라는 말은 여기서 나온 것이다. 누가 말했다.

"아니, 나는 입을 다문 그가 오히려 좋아. 자기가 모순에 빠진 줄 뻔히 알면서도 교묘한 말로 변명에 급급한 사람이 좀 많은가?"

— 2003

호랑이와 여우

호랑이는 짐승들을 잡아먹고 산다. 하루는 여우 한 마리를 잡았다. 여우가 호랑이에게 말했다.

"그대는 감히 나를 잡아먹지 못하리라. 천제天帝께서 나로 하여금 뭇짐승들의 우두머리가 되게 하셨으니 만일 그대가 나를 잡아먹는다면 이는 천제의 명을 거스르는 것이 되리라. 내 말이 믿기지 않거든 내 뒤를 따르며 보라. 나를 보는 짐승마다 다 놀라 도망을 치리니."

호랑이가 그런가 하여 따라가 보았더니 만나는 짐승마다 다 도망을 쳤다. 그러나 호랑이는 그 짐승들이 제가 무서워 도망치는 줄은 알지 못했다.

전국책戰國策에 전하는 이야기다.

호가호위狐假虎威(여우가 호랑이의 위세를 빌림)라는 말은 여기서 나온 것이다. 여우의 재치가 참 놀랍다. 누가 말했다.

"놀랍지. 그런데 요즈음의 여우들은 좀 달라. 그저 살기 위하여 호랑이를 잠깐 속이는 게 아니고, 아예 호랑이를 등에 없고 한 밑천 잡으려 하거든. 아주 개새끼들이야."

- 2003

쟁기를 놓고

송宋나라에 농부 한 사람이 있었다.

어느 날 쟁기로 밭을 가는데 난데없는 토끼 한 마리가 내닫다가 밭 가운데 있는 나무 그루터기에 부딪혀 목이 부러졌다. 횡재였다. 농부는 힘 안 들이고 토끼 한 마리를 얻은 것이다.

이로 하여 농부는 쟁기를 놓고(농사를 포기하고) 밭 가운데 있는 그 나무 그루터기를 지키며 또 토끼가 나타나 목이 부러지기를 기다렸다. 그러나 토끼는 다시 나타나지 않았다. 농부는 마침내 송나라 사람들의 웃음거리가 되고 말았다.

한비자韓非子의 이야기다.

수주대토守株待兎(그루터기를 지키며 토끼를 기다린다)라는 말은 바로 여기서 나온 것이다. 농사 제쳐두고 공짜로 토끼 얻을 생각만 했으니, 그 송나라 농부 나라 사람들의 웃음거리가 왜 안 되었겠는가? 딱한 사람, 누가 말했다.

“딱하지. 그러나 토끼 한 마리 요행으로 얻고 보면 그 혹시나
하는 마음에 안 그럴 사람 몇이나 되겠나? 복권, 증권, 경마, 경
륜 등등 왜 사람들이 그렇게 모일까? 그저 쟁기만은 놓지 않기
를 바랄 뿐이네.”

- 2003

많을수록 좋습니다

한漢나라 고조高祖가 한신韓信에게 물었다. 한신은 본래 초楚나라
장수였는데 한고조漢高祖에게 잡혀서 그의 신하가 된 인물이다.
“만일 내가 전쟁터에 나가 싸운다면 나는 얼마쯤의 군사를 지
휘할 수 있겠는가?”
한신이 대답했다.
“폐하陛下께서는 불과 십만十萬일 것입니다.”
“그대는 어떤가?”
“신臣은 많을수록 좋습니다.”
“많을수록 좋다? 그런 지휘 능력을 가졌으면서 어찌하여 나에
게 사로잡힌 바 되었는가?”
“폐하께서는 군사를 이끌지는 못하시나 장수 거느리기를 잘하
시니, 이것이 제가 폐하께 사로잡힌 까닭입니다.”
사기史記에 전하는 이야기다.

다다익선多多益善이란 말은 이 이야기에서 나온 것인데 많을수록 좋다는 뜻이다. 누가 말했다.

"맞아. 장수가 할 일은 군사 거느리는 것, 임금이 할 일은 장수 거느리는 것, 그런데 임금이 시시콜콜 군사를 거느리겠다면 어찌 되겠는가?"

- 2003

마땅히 눈을 비비고

오吳나라 임금 손권孫權에게 여몽呂蒙이라는 장수가 있었다. 그는 처음에 글 배운 것이 없었다. 이에 손권이 독서讀書하기를 권했다.

그 후 장수 노숙魯肅이 여몽과 이야기를 나누어 보고는 크게 놀라 말했다.

"그대는 이제 오하아몽吳下阿蒙이 아닙니다."

* 吳下는 오나라의, 阿蒙은 呂蒙을 친근하게 부르는 말. 그런데 이 이야기로 하여 吳下阿蒙은 학문적 소양이 없는 사람을 가리키게 되었다.

여몽이 말했다.

"선비가 헤어진 지 사흘이면 마땅히 눈을 비비고(그 동안의 발전이 너무 놀라워 딴 사람 같으므로) 서로 만나야 하겠지요."

십팔사략十八史略에 전하는 이야기다.

괄목상대刮目相對는 여기서 나온 말인데 눈을 비비고 서로 대한다는 뜻이다. 누가 말했다.

"글 한 줄 안 읽고 빈둥빈둥 논 선비도 괄목상대해야 할 거야. 그 동안의 퇴보가 너무 놀라워 딴사람 같을 테니까."

- 2003

반딧불과 흰 눈빛

진晉나라 차윤車胤은 어렸을 때 공손, 근면하며 책을 널리 읽었다. 한데 집이 가난하여 기름을 얻지 못하니, 여름에 비단 주머니에 수십 마리 반딧불을 담고 그 빛으로 책을 읽어 후에 벼슬이 상서랑尙書郞에 이르렀다. 같은 나라 손강孫康은 젊었을 때 깨끗하고 지조가 있으며 남과의 사귐이 잡스럽지 않았다(함부로 사귀지 않았다). 역시 집이 가난하여 기름이 없으므로 늘 흰 눈 빛에 비추어 책을 읽더니 후에 벼슬이 어사御史에 이르렀다.

둘 다 몽구蒙求에 전하는 이야기다. 형설지공螢雪之功(어려움 속에 학업을 이룩한 공)이라는 말은 여기서 나온 것이다. 참 대단한 사람들이다. 누가 말했다.

"대단하지. 한데 요즈음의 어떤 애들은 통 책을 안 읽어. 불빛이 너무 밝아서 그러는가? 하기는 책 안 읽어도 돈 있으면 다 되는 세상이니."

- 2003

사라진 것들(하나)

삿갓

옛날 시골 우리 집 헛간에 빛 바랜 삿갓이 하나 걸려 있었다. 우산 하나 변변히 없던 그런 세월이었다. 너나없이 다 가난했다.

나는 고등학교에 다닐 때 삿갓을 써 보았다. 삿갓을 쓰고 학교에도 가 보았다. 삿갓을 쓰고 비 오는 길을 가자면 빗방울이 삿갓 위에 떨어져 싱그러운 음향音響을 튕겨 냈다. 굵은 비가 쏟아질 때는 콩알 같은 빗소리가, 가는 비가 쏟아질 때는 좁쌀 같은 빗소리가 삿갓을 타고 가슴에 들어와 시詩가 되었다. 나는 그 시가 좋아서 삿갓을 쓴 것이지만, 그런 것을 아실 리 없는 담임선생님께서는 그날 나에게 변소 청소를 시키셨다. 나의 행동이 질서에 어긋난다고 해서 그리하신 것이다.

이제 내 가슴속에 시를 전해 준 그 삿갓은 사라지고 없다. 변소 청소를 시키시던 선생님께서도 이미 가고 안 계시다. 한 노소년老少年 혼자 남아 창 밖에 내리는 비를 보며 이 글을 쓰고 있다.

- 1979

장죽長竹

장죽은 말 그대로 긴 담뱃대다. 이만치 앉아서도 저쪽에 놓인 화로의 잿불을 헤집고 불을 붙일 수 있다. 그것은 참으로 인생 60만큼이나 긴 것이다. 그러므로 장죽은 수염이 허연 노인네가 아니고선 감히 가져서는 안 될 물건이었다. 고아高雅하게 늙으신 노인네가 장죽을 물고 앉아 있으면 문득 성화聖畵라도 한 폭 보는 느낌이었다.

노인네가 들에서 감농監農을 할 때도 장죽은 거기 있었다. 한 손으로는 길다란 살포를 지팡이 삼아 짚고, 또 한 손으로는 장죽을 잡고 지그시 문 노인네를 보면 그 푸른 들이 온통 미더움으로 찼다. 혹 낯선 나그네가 길을 물으면 노인네는 장죽을 들어 이리저리 가라며 길을 가리켜 주었다. 그러면 아무도 의심치 않고 그 길을 갔다.

이제 이 장죽은 사라지고 없다. 노인네들도 다 궐련卷煙을 피운다. 동시에 노인에 대한 존경도 신뢰도 다 사라진 듯하다.

- 1979

앞치마

　나는 어렸을 때 어머니의 앞치마를 꼭 잡고 다녔다. 집에서도 마을 갈 때도 늘 그랬지만 등너머 할머니한테 가던 그 십릿길이 눈에 더 선하다. 그때 어머니는 옛날이야기를 아주 재미있게 해 주셨다. 나는 꼬불꼬불 그 십릿길이 너무 좋았다.

　우리 어머니의 앞치마는 별로 깨끗지가 못했다. 내가 뜀박질을 하다 땀이 나면 어머니는 그 깨끗지 못한 앞치마로 내 얼굴을 닦아 주셨다. 그때 그 앞치마에선 구정물 냄새가 났다. 그것은 바로 어머니 냄새였다. 나는 그 냄새가 늘 상긋했다.

　역시 어린 시절의 일, 어느 추운 날 어머니를 따라 밖엘 나갔는데 갑자기 눈이 쏟아졌다. 그러자 어머니는 앞치마를 벗고 나를 업더니 그 앞치마를 뒤집어쓰셨다. 눈은 볼 수 없어 좀 답답했지만 앞치마 속은 훈훈해서 좋았다.

　이제 우리 어머니가 입으시던 그 앞치마는 거의 다 사라졌다. 내 아내도 처음 시집와서 잠깐 입고는 다시 입지 않는다. 이야기 재미있고, 어머니 냄새 상긋하고, 추운 겨울날에도 훈훈한 그 앞치마의 정情이 나는 이따금 그리울 때가 있다.

- 1979

버선

옛날의 처녀들은 시집을 갈 때 버선을 많이 지어 갔다. 그것은 자기가 신으려는 것이 아니고 시댁 집안의 그럴 만한 사람들에게 선물을 하려는 것이다. 그러나 아무리 많이 해 가도 버선은 모자라게 마련이었다. 그래서 버선 한 켤레 선물로 받고 오래오래 새색시를 칭찬하는 사람이 있는가 하면, 어쩌다 그 한 켤레를 못 받고 그보다 더 오래오래 섭섭해 하는 사람도 있었다.

나는 어려서 어머니가 할머니의 버선 지으시는 것을 더러 보았다. 버선은 발이 편해야 하고 코가 날렵해야 하니 짓기가 퍽 까다로운 물건이다. 내 아내도 시집와서 잠시 어머니의 버선을 지은 일이 있다. 늘 스타킹만 신어 온 신식 며느리의 그 지은 버선이 오죽하랴만 그래도 처음 맞은 며느리의 첫솜씨라 잘 신고 다니셨다고 한다. 그러다 어머니는 곧 양말을 신으셨다.

이제 버선은 신는 사람이 없다. 그러니 처녀들이 시집갈 때 버선 걱정 할 것도 없고 며느리들이 버선 짓느라 애쓸 것도 없다. 잘되었다. 그러나 그 날렵한 버선코가 나는 이따금 그립다.

- 1979

금비녀

　현재 우리나라 중학교 3학년 학생들이 공부하는 국어 교과서에 다음과 같은 시가 실려 있다.

> 분홍색 회장저고리/ 남 끝동 자주 고름/ 긴 치맛자락을/ 살며시 치켜들고/ 치마 밑으로 하얀/ 외씨버선이 고와라./ 멋들어진 어여머리/ 화관몽두리/ 화관족두리에 황금용잠 고와라.
>
> — 신석초申石艸, 〈고풍古風〉

　이 시를 읽으면, 옛날 우리 젊은 여인네의 모습이 아름답게 떠오른다. 나는 이 시의 모든 구절을 좋아하지만 특히 "황금용잠黃金龍簪 고와라."가 좋다. 용머리를 새긴 황금 비녀.

　그것은 다만 긴 머리를 처리하기 위한 수단만은 아니었다. 어른이 되었다는 표지만도 아니었다. 그것은 실로 우아하고 품위 있는 우리 옛 여인네의 한 상징이었다. 과것길 떠나는 낭군의 노자를 걱정하여 슬그머니 빼서 괴나리봇짐 속에 넣어 주던 아름다운 사랑의 표시이기도 했다.

　그럼 내 아내에게 황금용잠 하나 사 주면 어떨까? 하나 아내는 꽂을 머리가 없고 나는 과거 볼 일이 없으니 다 소용없는 일이다.

— 1979

얼레빗

나는 어렸을 때 어머니가 머리 빗으시는 걸 자주 보았다. 우선 살 굵은 얼레빗으로 머릿결을 고르시고 그 다음엔 촘촘한 참빗으로 그 긴 머리를 빗어 내리셨다. 그리고 붉은 댕기를 드려서 낭자도 지으셨는데 그 모습이 퍽도 아름다웠다.

얼레빗은 꼭 반달 모양이다. 그래서 그런지 얼레빗을 생각하면 황진이黃眞伊의 〈반월半月〉이 떠오른다.

뉘라서 곤륜산崑崙山의 옥을 다듬어/ 직녀織女 아씨 얼레빗을 만드셨나요./ 견우牽牛 도령 안타까이 이별한 뒤에/
슬퍼서 던졌네요, 푸른 하늘에.
誰斷崑山玉, 裁成織女梳.
牽牛一去後, 愁擲碧空虛.　　　　　　　　　－《韓國如流漢詩選》

견우와 헤어져 돌아온 직녀는 눈물어린 눈으로 그 얼레빗을 보았다. 견우 도령 없는데 누굴 위해 머리를 빗을꼬? 직녀는 그 옥으로 만든 얼레빗을 푸른 하늘에 던져 버렸다. 아, 무심히 바라본 저 반달이 직녀의 가슴 아픈 슬픔일 줄이야.

각설하고, 댕기 드려서 단정히 낭자를 지으시던 어머니도 어느덧 미장원엘 가셔서 파마를 하신다. 이제 얼레빗은 옛 시 속에나 있나 보다.

－ 1979

사라진 것들(둘)

초가지붕과 박꽃

여름 밤, 아래채 초가지붕 위에 박꽃이 하얗게 필 무렵이면, 벼 포기엔 물방울이 맺히고 모깃불 타는 향긋한 풀 냄새에 쫓기듯 반딧불이 멀리 날았다.

"누나, 박꽃은 왜 밤에만 피지?"
"낮에는 부끄러워서 그런대."

— 오영수吳永壽, 〈요람기搖籃期〉

그래, 열일곱 살 누나의 눈으로 보는 박꽃은 낮의 해가 부끄럽기도 했을 것이다. 하지만 어느덧 마흔을 넘은 동생의 눈에는 어떻게 보일까?

그립고 아쉬움에 가슴 조이던
머언 먼 젊음의 뒤안길에서

- 서정주徐廷柱, <국화菊花 옆에서>

이제는 돌아와 박꽃으로 핀 내 누님, 그 가녀린 삶에 콧날이 시어서 마디 굵은 손으로나마 덥석 잡고 싶지 않은가?

애상哀傷의 꽃 박꽃, 박꽃은 여름 밤 초가지붕 위에 피는 꽃이었다. 그러나 지금은 초가지붕이 없으니 어디 가 필까?

- 1979

낮은 굴뚝

높이높이 솟은 공장의 시멘트 굴뚝, 행복한 2층집의 벽돌 굴뚝, 굴뚝은 도처에 흔하다. 그러나 다음과 같은 굴뚝은 차차 보기 힘들 것이다.

산골짜기 오막살이 낮은 굴뚝엔
몽기몽기 웬 연기 대낮에 솟나.

- 윤동주尹東柱, <굴뚝>

낮은 굴뚝, 그것은 흙으로 야트막하게 쌓은 작은 굴뚝이었다. 소년이 어려서 자라던 산골 마을에는 집집마다 이런 굴뚝이 있었다.

어머니에게 꾸중을 들은 소년은 뒤안으로 돌아가 그 굴뚝 앞에 섰다. 어머니가 야속해서 눈물이 났다. 말없는 굴뚝을 말없이 바라보며 누가 와 달래 주기를 바랐다. 그러면 할머니가 오셔서 그 때묻은 치마로 소년의 눈물을 닦아 주셨다.

아직은 연탄을 때는 집도 있고 기름을 때는 집도 있어서 굴뚝이 있지만, 그러나 그것은 이미 흙으로 야트막하게 쌓은 낮은 굴뚝은 아니다. 앞으로 도시가스가 일반화되면 그것마저 사라질 것이다. 그러면 꾸중들은 소년은 어디 가 서서 눈물을 흘릴까?

- 1979

마당

시골 우리 집은 마당이 넓어서 타작打作을 하는 데 불편이 없었다. 비단 우리 집만이 아니고 대체로 다 그러했다. 사람들은 그 마당 가 담 밑에 호박도 심고 상추도 갈았다. 어린 나는 늘 애호박을 따거나 상추를 뜯을 때 마음이 흡족했다.

내가 서울 와서 처음으로 장만한 집은 마당이 한 칠팔 평 되었다. 그나마 시멘트를 발라서 풀 한 포기 날 데가 없었다. 그러니 마당도 아니었다.

그 다음으로 산 집은 마당이 한 서른 평 되었다. 나는 거기다 상추도 좀 갈고 고추도 몇 포기 심어보고 싶었다. 하지만 아이들의 소원대로 잔디를 입히고 꽃나무를 심었다. 그러고 보니 마당은 간데없고 볼품없는 정원庭園만 하나 생겼다.

시골 우리 집 마당에도 화단을 꾸며 놓았다. 지금은 논에서 곧바로 타작을 하니 빈 마당은 쓸 데가 없다. 겨울에도 값싸게 채소를 먹는 이 세월에 담밑에다 상추는 갈아서 또 무얼 할까?

서울 시골 할 것 없이 마당은 차차 사라지는 모양이다. 하지만 내 마음에는 애호박 따고 상추 뜯던 그 마당이 아직은 그대로 남아 있다.

- 1979

큰기침

위엄威嚴 있는 노인老人네의 큰기침은 사람들에게 두려움을 주었다. 옛날 우리 집안에 호랑이 할아버지 한 분이 있었다. 할아버지는 새벽 제일 먼저 일어나 장죽長竹을 털며 큰기침을 했다. 그러면 머슴들이 놀라 일어났다. 사이참 때가 되어도 들에 술 내가는 기색이 안 보이면, 할아버지는 사랑채 마루에 서서 안을 보고 또 큰기침을 했다. 그러면 부엌에서 술 거르는 큰며느님의 두 손이 와들와들 떨렸다.

위엄 있는 노인네의 큰기침에는 미더움도 있었다. 나는 어렸을 때 그 호랑이 할아버지 댁에서 며칠 묵은 일이 있다. 밤이 되면 그 큰 집이 어둠에 싸여 죽은 듯이 고요했다. 뒤꼍 대숲에서 휘휘 밤바람이 섬뜩하게 울면 억울하게 죽은 처녀의 원혼冤魂이 금방이라도 문을 열고 들어올 것만 같아 옆에 사람이 있어도 나는 밤이 무서웠다. 아, 그때 사랑에서 들려오는 할아버지의 큰기침 소리는 얼마나 마음을 든든하게 했던가?

머잖아 나도 그때 그 할아버지만한 나이가 된다. 그러나 나에게서 그런 두려움과 미더움을 느낄 사람은 아무도 없을 것이다.

- 1979

다듬이 소리

다듬이질은 혼자서도 하고 둘이 마주앉아서도 했다. 혼자 하는 다듬이 소리는 좀 둔탁鈍濁한 느낌이었지만 둘이 하는 다듬이 소리는 여간 경쾌輕快하고 청랑淸朗하질 않았다.

늦가을 휘영청 달 밝은 밤에 혼자 뒷간에 앉아 있자면 마을은 온통 그 경쾌하고 청랑한 다듬이 소리 속이었다. 소년은 그 다듬이 소리에 취했다가 갑자기 또 아랫배에 힘을 주곤 했다.

그러다 뒷간을 나와 보면, 환히 불 밝힌 아랫방 창에 맞다듬이질하는 어머니와 순이 누나의 두 그림자가 여전히 경쾌하고 청랑한 다듬이 소리처럼 그렇게 민활敏活하게 움직였다.

이제 다듬이 소리는 멀리 사라졌다. 너나없이 양복 입는 이 세월에 다듬이가 남아 있을 수는 없는 일이다. 우리 집에도 다듬잇돌과 방망이가 한 벌 있지만 아내는 가끔 북어나 두드릴 뿐이다.

그런데 늦가을 환히 달 밝은 밤에 뜰에 혼자 서면 문득 어디선가 그 경쾌하고 청량한 다듬이 소리가 들려도 올 듯, 공연히 귀를 기울일 때가 있다. 그리운 소리다.

- 1979

전차電車

전차가 사라진 지도 꽤 오래 되었다. 오늘의 스피드 시대를 살기엔 너무 아둔해서 밀려난 것이겠지만, 그러나 나는 밖에서 술 한 잔 얼큰히 하고 버스로 돌아오는 밤이면 그 아둔한 전차가 문득 그리워질 때가 있다.

내가 다니던 대학에서 한 5분 거리에 전차 정류소가 하나 있었다. 연구실에서 공부를 하다 늦게 돌아오는 저녁, 나는 거기서 혼자 전차를 기다렸다. 그러면 느릿느릿 달려오는 전차가 어두운 밤하늘에 파란 스파크를 일으켰다. 나는 그 스파크가 보고 싶어서 다음 전차를 또 다음 전차를 기다리며 서 있었다. 무슨 그리움이라도 있었던가?

밤의 전차 종점은 수줍은 애인들이 만나는 밀회密會의 장소였다. 그들은 돈암동 종점에서 만나 정릉으로 난 길을 걷고, 청량리 종점에서 만나 중랑교 근처를 거닐었다. 정릉의 밤 그 오솔길에는 쏴아 솔바람이 일었다. 중랑천변에 쌓인 흰눈 위에는 달빛이 마구 부서졌다. 말없이 떨어져 거닐던 그들은 늘 마지막 전차로 돌아왔다.

아, 이제는 사라진 그 낭만주의浪漫主義.

- 1979

오솔길

오솔길을 생각하면 근친覲親 가는 어느 새색시가 떠오른다. 신랑 뒤에 서너 걸음은 처져서 따라가는 길이지만, 그리고 장옷 입고 말도 없이 따라가는 그 오솔길이지만, 새색시는 그 근친길이 한 5백 리 되었으면 했다.

"가마 타고 시집올 때는 그리도 눈물나던 이 길이 오늘은 왜 이렇게 좋을까?"

흰 두루마기 펄럭이며 앞서가는 신랑을 흘깃 보고는 새색시는 혼자 배시시 웃었다.

오솔길을 생각하면 우리 앞에 걸음을 멈추던 한 아낙네가 떠오른다. 언젠가 중학생 때 나는 아버지를 모시고 오솔길로 큰댁

엘 간 일이 있다. 어느 마을을 지날 때였다. 물동이를 인 젊은 아
낙네가 마을에서 나오다가 우리를 보고는 말없이 섰다. 그리고
우리가 다 지나가자 길을 건넜다.

"아버지, 저 아주머니 왜 저래요?"

"남자가 가는 길을 여자가 앞질러 끊으면, 그 남자에게 재수가
없다고 저런단다."

오솔길은 이제 큰길로 변했거나 아파트에 묻히거나 해서 차츰
사라지는 모양이다. 무슨 보물을 잃어버리는 것 같아 마음이 좀
허전하다.

- 1979

실성한 사람

피카소와 해장국

지난 어버이날에 집의 아이들이 표 두 장을 사다 주었다. 지금 덕수궁에서 열리고 있는 피카소 걸작전의 입장권이었다.

오늘 아침 나는 아내와 함께 덕수궁엘 갔다. 버스가 한산해서 좋았다. 그러나 피카소의 그림은 그 색감이나 구도가 마치 불협화음처럼 내 마음의 안정을 깨뜨렸다. 아내는 어떠했을까? 그림을 보고 나오자 어느덧 점심때였다.

"무얼 좀 먹을까?"

아내도 그러자면서 언젠가 내가 맛있다고 했던 청진동 해장국 좀 사달라고 했다. 그래 우리는 덕수궁에서 청진동을 향해 천천히 걸었다. 국제극장 간판도 좀 쳐다보고 교보빌딩 옆의 미니공원도 좀 들르고, 그리고 해장국집에 들어섰을 때 아내는 적이 실

망하는 눈치였다. 그 유명하다는 집이 이렇게 허술할까? 그러나 아내는 맛있게 먹고 나도 막걸리 한잔 시원히 들었다. 속이 편안했다. 피카소 때문에 깨졌던 마음의 안정이 곧 회복되었다.

해장국집을 나온 우리는 느긋한 걸음으로 화신 앞까지 걷고 거기서 또 버스를 탔다. 버스는 우리를 위하여 여전히 한산했다.

- 1982

분침分針과 시침時針

어느 날 좀 무료했던지 분침과 시침이 농담을 하다가 마침내 말다툼으로 발전했다. 흔히 있는 일이다. 함께 들어 보자.

분 침 "애, 시침아. 넌 왜 그렇게 게으르니?"
시 침 "내가 왜 게으르니?"
분 침 "나는 한 시간에 한 바퀴나 도는데 넌 겨우 한 발밖에 못 가지 않니?"
시 침 "애, 이 가엾은 분침아. 자기가 일 못 하는 것은 모르고 누굴 게으르다는 거니?"
분 침 "뭐라? 내가 일을 못 한다고?"
시 침 "자, 봐라. 난 한 발만 떼어 놓아도 한 시간이라는 일을 한단 말이다. 그런데 너는 시계를 한 바퀴 다 돌아야 겨우 내 한 걸음의 일밖에 더하니?"

관점觀點의 차이差異라는 것이 이렇게 무서운 건가? 그러나 더 무서운 것은 상대방의 관점을 이해하려 하지 않는 것.

- 1982

도장圖章에 관하여

나에겐 물소 뿔에 새긴 작은 도장이 하나 있다.

그런데 가령 영수증, 이력서, 계약서 같은 것들을 쓰고 나면 이 도장을 찍고 한참씩 들여다보게 된다. 그러면 빨간 자국 안에 내 이름이 선명하다. 나와 똑같은 이름의 존재, 이 녀석이 나를 대신하는구나 하는 생각이 든다. 그러나 나를 대신한다는 이 사실을 너무 안이安易하게 생각해서는 안 된다. 세상은 나보다도 나를 대신하는 이 녀석을 더 신뢰信賴한다는 점을 알아야 한다.

여기서 한 가지 더 알아야 할 것이 있다. 그것은 장본인張本人인 내가 대리인代理人인 이 녀석을 마음대로 할 수 없다는 사실이다. 믿기지 않거든 도장을 찍은 것이 후회스러울 때를 생각해 보라. 당장 지워 버리고 싶지만 절대로 지워지지 않는다. 장본인이 아무리 발버둥을 쳐도 대리인은 미동微動도 않을뿐더러, 오히려 장본인으로 하여금 꼼짝도 못하게 압박을 가하는 것이다.

한낱 물소 뿔에 새긴 작은 도장이지만, 마음대로 찍을 수는 있어도 마음대로 지울 수는 없는 두려운 존재, 그것이 바로 도장인가 한다.

- 1983

잠깐만 창 밖 좀

어느 겨울날의 일요일 이른 아침.

방학이라 학교는 쥐 죽은 듯이 고요한데 하늘은 잔뜩 구름이 끼어 사위가 어둑했다. 그날 나는 일찍이 연구실에 나가 마감이 촉박한 원고를 쓰고 있었다. 그런데 웬일인지 몸도 개운칠 못하고 기분도 무거워 글이 제대로 풀리질 않았다.

그래 헛되이 붓방아만 찧으면서 빨래 짜듯 생각을 쥐어짜고 있는데 따르릉 전화벨이 울렸다. 우리 학교 1학년인 김 군이었다. 녀석은 무슨 볼일 좀 보려고 학교 근처에 와 있다고 하면서, 날 보고 지금 무엇 하느냐고 물었다.

"글 좀 쓰고 있는데 잘 안 되네."

"선생님, 제가 왜 전화 드렸는지 아셔요?"

"글쎄다."

"잠깐만 창 밖 좀 내다보시라구요."

"음? 아, 눈이 오는구나."

소담스런 함박눈이 퍼붓고 있었다. 녀석은 웃으며, 그럼 안녕히 계십시오, 하고는 전화를 끊었다. 나는 고맙다고 하고는 창변에 다가가 섰다. 갑자기 심신이 날듯이 상쾌했다. 눈은 건너편 건물이 보이지 않을 만큼 계속 쏟아지고 있었다.

- 1986

도리桃李에게

계수桂樹는 서리 내리는 가을에 꽃이 피고, 도리는 따뜻한 봄날에 꽃이 핀다. 당唐나라의 시인 왕유王維의 〈춘계문답春桂問答, 봄날 계수나무와의 문답〉은 이 두 나무를 읊은 것이다.

봄날 계수에게 묻노니/ 도리는 꽃 한창 곳마다 봄빛인데/
그대는 어찌 홀로 꽃이 없는가?
봄날 계수가 대답하기를/ 봄꽃이 며칠 가리, 머잖아 가을인데./
서리 속에 피는 꽃 그대는 모르는가?
問春桂, 桃李正芳華. 年光隨處滿, 何事獨無花.
春桂答, 春華詎幾久. 風霜搖落時, 獨秀君知不.

- ≪古文眞寶≫

나는 이제 도리에게 한마디해야겠다.
그대가 꽃을 피우는 것은 따뜻한 봄날이다. 이것은 우리들 인생에 있어서 흔히 만나기 어려운 순경順境이다. 그대는 이를 고맙게 생각하고 아직 꽃 못 피운 봄날의 수많은 계수들 앞에 겸손하라. 머잖아 가을이어서가 아니다. 그것이 사람으로서의 바른 도리이기 때문이다.

– 1989

젠틀맨(gentleman)

"영국 사람들은 어린이들을 어떻게 가르칠까?"

영국에 사는 한 한국인 노신사가 문득 이런 생각이 들어서 어느 유치원엘 가 보았다. 마침 한 교실에서 길 건너는 법을 가르치고 있었다.

지금 두 어린이가 서로 맞은편에서 다가오고 있다. 둘이 마주치자 한 어린이가 "플리즈." 하고 상대방에게 먼저 지나가기를 권한다. 그러자 상대방은 "땡큐." 하고 먼저 지나간다. 노신사는 고개를 끄덕이었다. 길을 양보하는 그 어린 마음이 너무 아름다워서였다. 그런데 이를 본 선생님은 그러지 않았다. "땡큐 하고 그냥 지나가는 것은 젠틀맨이 아니에요. 상대방이 플리즈 하고 길을 비켜 주면 나도 애프더 유 플리즈(아녜요, 먼저 가세요) 하고 함께 길을 비켜 주어야 젠틀맨이에요." 이렇게 말하고 다시 시키는 것이다. 노신사는 이 광경을 보고 큰 감명을 받았다고 한다.

우리나라의 유치원에서는 무얼 가르칠까? 설령 위와 같이 가르친다 하더라도, 힘으로 남 밀치고 가는 어른들을 보면서 그 배운 바를 실천할 수 있을까?

- 1989

말에 관한 속담俗談 둘

"낮말은 새가 듣고 밤말은 쥐가 듣는다."

이 속담은 말조심을 하라는 것이다. 말이란 함부로 할 것이 아니다. 그러나 낮에는 새가 듣고 밤에는 쥐가 들을까 봐 말을 조심하려 한다면 그건 별로 떳떳한 것이 못 된다. 말조심의 참뜻은 할 말을 어렵게 선택하라는 데 있지 누가 들을 것을 염려하라는 데 있는 것이 아니다. 참으로 고심하며 어렵게 선택한 말이라면 새가 듣든 쥐가 듣든 조금도 두려울 게 없다.

"가는 말이 고와야 오는 말이 곱다."

이 속담은 말을 곱게 하라는 것이다. 말이란 함부로 할 것이 아니다. 그러나 오는 말이 곱기를 바라서 가는 말을 곱게 하려 한다면 그것 역시 떳떳한 것이 못 된다. 고운 말씨의 참뜻은 도덕적 자아의 확충에서 우러나는 것이지 현실적 타산에서 형성되는 것은 아니다. 만일 우리가 이런 믿음을 가지지 못한다면, 상대방의 말씨에 따라 우리도 무슨 험한 말이든 하게 될 것이다.

- 1990

실성한 사람

어느 산골에 두 노인네가 살다가 그 중 한 노인이 바닷가로 이사를 갔다. 그 후 이사 간 노인이 한번 다녀가라고 편지를 해서 산골 노인이 물어물어 찾아갔다. 가 보니 바다라는 게 있었다. 산골 노인은

"물이 저렇게 많을 수가? 농사 걱정 없겠네."

하고 그지없이 감탄했다. 그러자 바닷가 노인이

"바닷물은 짜서 농사를 못 짓네."

했다. 산골 노인은 자기 귀를 의심했다.

"물이 짜다니, 내가 퍼 갈까 봐 그러는가?"

"글쎄 바닷물은 짜대두."

"그래? 그럼 어디 맛을 보세."

산골 노인은 친구를 끌고 바다로 갔다. 역시 바닷물은 짰다. 그러나 굽히기는 싫어서

"짜기는 뭐가 짠가? 달기만 하네."

하고 눈을 치떴다. 바닷가 노인은 어쩌다 이 사람이 짠맛 단맛도 가릴 줄 모르게 되었나 하고 돌아서서 혼자 혀를 끌끌 찼다.

억지를 잘 부려야 무슨 줏대 있는 사람처럼 생각하던 때가 있었다. 그러나 세월이 변했다. 지금은 그런 사람을 실성한 사람으로 본다.

– 1990

술 먹는 선비

어머니의 걱정

옛이야기 한 토막. 옛날 어느 곳에 걱정 많은 한 노파가 있었다. 아시다시피 그의 큰아들은 나막신(또는 소금) 장수, 작은아들은 우산 장수였다. 비가 오면 나막신이 팔리지 않아서 큰아들 걱정, 날이 개면 우산이 팔리지 않아서 작은아들 걱정, 지나 마르나 노파는 아들들 걱정이 끊임없었다. 어느 날 이웃 청년이 찾아와 말했다.

"할머니, 걱정 마세요. 비가 오면 작은아드님이 우산을 팔아서 좋고 날이 개면 큰아드님이 나막신을 팔아서 좋고, 얼마나 좋으세요?"

노파는 무릎을 쳤다. 그 뒤로 걱정이 없어졌다.

이 이야기는 거짓말이다. 이웃 청년의 그런 말을 듣고 아들들 걱정을 안 하게 된 노파가 정말 있을까? 그는 여전히 하늘을 살펴며 걱정에 잠길 것이다. 큰아들이 다니는 동네는 늘 날이 개고 작은아들이 다니는 동네는 날마다 비가 와서 두 아들이 다 장사를 잘한다면 걱정이 그칠까? 그러면 이 아이들이 이 동네 저 동네 돌아다니느라고 얼마나 다리가 아플까 하고 또 걱정을 할 것이다.

어머니의 걱정은 멈춤이 없다.

– 1991

일에 관하여

지난 일요일은 종일 연구실에 있었다. 마감이 급한 무슨 일이 하나 있어서였다. 오후가 되니 책상 위에 펼쳐진 일거리가 대신 져야 할 남의 짐처럼 무겁게만 느껴졌다. 이윽고 밤이 늦었다.

교문 앞에서 택시를 잡았다. 그러나 우리 동네 미아리는 길이 막혀 못 간단다. 그러기를 두어 번, 또 택시가 하나 와 섰다. 미아리도 괜찮으냐니까 고개를 끄덕였다. 한 예순 되어 보였다. 내가 타자

"어서 오세요."

하고 싱긋 웃었다. 순간 나는 머리가 가벼웠다.

"영감님, 무슨 기분 좋은 일이 있으십니까?"

"아, 다 좋지요. 내가 늙었지만 아직 일을 하니 좋고, 일을 해서 한 푼이라도 버니 좋고, 무엇보다도 일이 있으니 좋고. 일이 없어 보세요. 놀기도 힘듭디다. 그런데 세상에는 자기 일을 우습게 보는 사람, 남의 일처럼 짐스러워하는 사람, 게다가 요리조리 피하는 사람이 더러 있어요. 난 그런 사람치고 잘사는 것 못 보았어요."

나는 그렇습니다, 그렇습니다 하면서도 어째 공연히 뒤가 켕기었다.

— 1991

음식飮食 싸오기

내가 대학을 나와 취직을 한 지 얼마 안 되어서의 일이다. 함께 졸업을 한 친구들 사이에 이제는 다들 취직도 했으니 좀 모여야 하지 않겠느냐는 공론이 일었다. 그래 우리는 매달 한 번씩 만나 저녁을 먹게 되었는데 그때마다 모교의 은사 한 분씩을 모시기로 했다.

어느 모임이었던가, 그날은 중국집이었다. 우리는 선생님의 말씀을 들으면서 즐겁게 술잔을 나누었다. 그런데 일어설 무렵이었다. 선생님께서 종업원을 부르시더니 남은 음식 중 물 흐르지 않는 것은 다 싸라고 하셨다. 그리고 가져 갈 사람 없으면 당신께서 가져가겠다고 하셨다.

나는 선생님의 그런 모습이 여간 감동적이지 않았다. 그날 그 남은 음식을 누가 가져갔는지는 지금 기억에 없지만, 어떻든 그 뒤부터 나도 중국집엘 가면, 아니 다른 음식점엘 가더라도 물 흐르지 않는 것은 꼭 싸 온다. 혹 궁상맞게 보일지는 모르지만 그래야 내 마음이 편하다.

- 1991

버스에서

마장동에서 수유리 가는 버스를 탔다. 한낮이라 버스 안은 한 산했지만 빈자리는 없었다. 나는 서서 갔다. 경동 시장에서 젊은 아낙네 몇과 할머니 한 분이 탔다. 앉아 있던 한 청년이 할머니의 가방을 받아 제 무릎 위에 놓았다.

버스는 또 떠났다. 청년은 무슨 깊은 상념에 잠긴 듯 창 밖을 내다보았다. 옆에 할머니가 서 있으니 앉아 가는 마음이 편할까? 가능하면 할머니의 시선을 피하는 것이 상책일 것이다. 벌떡 일어나 노인네에게 자리를 내드리는 청년도 많은데 이 얼마나 못난 짓인가? 갑자기 그 청년이 퍽 보잘것없게 보였다. 젊으나 젊은 나이인데…. 나는 그에게 할머니를 앉히라고 말하려다 그만두었다.

어느덧 버스가 미아삼거리에 닿았다. 청년은 가방을 할머니에게 돌려주었다. 그리고는 안간힘을 쓰며 일어섰다. 다리를 몹시 절었다. 버스를 내리는 그의 모습이 여간 힘겨워 보이질 않았다. 아, 그는 할머니에게 선뜻 자리를 양보할 수 없는 자신의 처지를 얼마나 슬퍼했을까? 나는 공연히 무안하여 고개를 돌렸다.

- 1991

소음騷音이 심해요

어느 책에서 읽은 이야기 한 토막.

복덕방이 하나 있었다. 손님이 왔다. 조용한 집을 하나 사 달라고 부탁을 했다. 복덕방은 마침 좋은 집이 있다면서 보여 주었다. 손님은 곧 그 집을 샀다. 그런데 이사를 하고 보니 집 저만치에 기찻길이 보였다. 밤낮 없이 내달리는 기차 소리에 잠을 잘 수가 없었다. 그래 복덕방을 찾아가

"소음이 심해서 견딜 수가 없습니다. 어떻게 이런 집을 소개한 단 말이오?"

하고 항의를 했다. 이 말을 들은 복덕방은

"소음이 심해요? 웬만한 소음은 기차 소리에 파묻혀서 들리지 도 않아요. 무슨 소음이 심해요?"

하고 눈을 치켜떴다.

이 이야기는 물론 사실이 아닐 것이다.

그러나 사실 같은 것은 슬쩍슬쩍 숨기고 우선 팔아먹고 보자는 못된 장사꾼은 얼마든지 있다. 중국산 굴비를 영광 굴비로 팔고, 광우병이 의심스러운 소 내장을 함부로 유통시키고, 유명 약품을 겉만 똑같게 만들어 팔고…. 이러고도 나라가 지탱되니 참기이한 일이다.

– 1992

양진서洋眞書

천지에 쌓인 흰 눈 위에 달빛이 부서진다. 그야말로 월백설백천지백月白雪白天地白이다. 어디서 걸걸한 목소리가 들려온다. 한잔 얼큰한 모양이다.

더 무운 이즈 화이트,
더 스노우 이즈 화이트.

"아니, 삿갓어른 아니십니까?"
"아, 자넨가?"
"그런데 그게 무슨 소립니까?"
"무슨 소리라니, 자넨 시 읊는 소리도 모르나?"
"삿갓어른이야 진서眞書로 읊으셔야지요."

"이 사람 뭘 몰라도 한참 모르는군. 지금은 양진서 세상이야. 진서는 무슨 진서?"

그리고 그는 달빛 속으로 멀어졌다. 내가 정말 뭘 모르는가? 그의 걸걸한 목소리가 또 달빛을 따라 빈 하늘을 울렸다.

오, 더 헤븐 이즈 화이트,
디 어즈 이즈 화이트로다.

- 2002

술 먹는 선비

세종世宗 때의 유명한 선비 윤회尹淮 선생은 술을 퍽도 좋아했다. 세종께서는 선생의 재주를 아까워하여 술을 먹되 석 잔을 넘기지 말라고 하셨다. 그래서 선생은 무슨 연회 같은 것이 있을 때면 큰 주발로 석 잔을 마셨다. 세종께서 그 이야기를 전해 듣고 웃으셨다 한다.

어느 날 선생이 집에서 술을 먹고 크게 취하여 잠이 들어 있었다. 그런데 세종께서 급히 부르셨다. 집안 사람들이 큰 걱정을 하며 좌우에서 선생을 부축하여 말에 태웠다. 그러나 선생은 조금도 흐트러지지 않고 임금 앞에 부복俯伏했다. 세종께서는 선생을 보고 선제宣制(임금이 내릴 말을 적는 글)를 지으라 하셨다. 선생은 곧

붓을 잡고 거침없이 써 내려갔는데 하나같이 임금의 뜻에 맞았다. 세종께서도 감탄해 마지않으셨다.

　사람들은 선생을 보고 문성文星(글을 맡은 별)과 주성酒星(술을 맡은 별)의 정기를 함께 타고났다고 했다. 술 먹는 선비, 윤회 선생. 나 같은 주졸酒卒로서는 바라도 볼 수 없는 높은 경지다. 그렇지, 그래도 이쯤은 되어야 술 먹는 선비지.

- 2003

저녁 종소리 — 高麗以前

비 오는 가을밤에 / 崔致遠;秋夜雨中

　멀리 당唐나라에 가 문명을 떨친 선비 하나, 큰 뜻을 품고 고국에 돌아왔다. 그는 세상을 다스릴 만한 경륜이 있었다. 그러나 그를 알아주는 사람은 아무도 없었다. 한해 두해 헛되이 세월만 흘렀다. 고독했다. 쓸쓸한 가을바람처럼 마음이 황량했다. 한밤의 찬비처럼 삶이 추웠다.

> 바람 이는 가을밤의 나의 노래는/ 아득한 세상길에
> 듣는 이 없어/ 찬비 오는 이 한밤을 등잔 돋우며/
> 꿈속인 듯 치닫는 그리운 하늘.
> 秋風惟苦吟, 世路少知音.
> 窓外三更雨, 燈前萬里心.　　　　　　　　　－《大東詩選》

한밤에 등잔 돋우고 홀로 앉은 선비, 그리운 얼굴들이 눈앞에 명멸明滅했다. 그들과 함께 살던 그곳으로 돌아가고 싶었다.

고국은 옹졸했다. 경륜 있는 그를 포용하지 못했다. 그는 결국 난세를 비관하며 유랑하다가 가야산伽倻山에 숨었다(≪三國史記≫). 어쩌다 신라新羅는 인재人材를 그렇게 버렸는가?

- 1997

세상일 모르네 / 鄭知常;開聖寺

이것저것 뜻대로 되지 않아 사는 게 답답하면, 옛날의 어느 선비(스님)처럼 어디 조용한 산사山寺에라도 가 세상일 다 잊고 싶을 때가 있다.

굽이굽이 산 오르니 작은 집 하나/ 샘물은 차고 맑고
이끼 푸르고/ 늙은 솔엔 조각달, 산은 구름 속/
세상일 모르네, 선비 한 사람.
百步九折登巑岏, 家在半空惟數間.
靈泉澄淸寒水落, 古壁暗淡蒼苔斑,
石頭松老一片月, 天末雲低千點山.
紅塵萬事不可到, 幽人獨得長年間.   - ≪大東詩選≫

우리도 한번 개성사로 가 보자. 굽이굽이 오르는 높은 산에 두어 칸 작은 집이다. 그러나 샘물은 차고 맑고 돌비탈엔 이끼가 푸르다. 거기다 늙은 솔엔 조각달이 걸리고 구름 속은 점점이 산이다. 선비(스님)는 이런 자연 속에 세사世事를 잊고 홀로 한가롭다.

그러나 나는 열두 번을 더 개성사엘 가도 한가롭지 못할 것이다. 속세를 못 버릴 테니.

- 2001

저녁 종소리 / 李仁老;煙寺晚鐘

아침저녁으로 6시가 되면 어느 산사山寺에서 종소리가 들려온다. 은은하다. 나는 이 소리를 들으면 문득 떠오르는 한시 한 수가 있다.

> 돌길은 굽이굽이 구름 희어라./ 푸른 숲엔 뉘엿뉘엿
> 해가 지는데./ 저 벼랑 어디쯤에 절이 있는가./
> 바람에 실려 오는 저녁 종소리.
> 千回石徑白雲封, 岩樹蒼蒼晩色濃.
> 知有蓮坊藏翠壁, 好風吹落一鐘聲.　　　　－《東文選》

한 시인詩人이 산을 오른다. 천번 휘도는 돌길이다. 흰구름이 길을 막는다. 구름 사이로 언뜻언뜻 희고 검은 바위와 푸른 숲이 보인다. 그 위에 석양이 빛난다. 바람이 불어온다. 어느 절의 은

은한 저녁 종소리가 그 바람에 실려 온다.

김매랴 나무하랴 뼈마디가 쑤시는데 그까짓 저녁 종소리가 무에 그리 대단하냐고 하지 말자. 소음도 매연도 사기도 폭력도 없는 산속에 앉아 잠시 저녁 종소리를 들어 보는 것도 좋지 않겠는가? 그러나 언제 한번 산엘 갈 수 있을지….

- 1997

우물에 뜬 달 / 李奎報;詠井中月

하늘에 달이 뜨면 우물에도 달이 뜬다. 맑은 우물에 뜬 그 달은 여간 아름답지 않다. 다음은 어느 산사山寺의 스님 이야기.

우물에 뜬 달 하도 탐나서/ 스님은 그걸 길어 병에 부었지./
돌아와 그 병을 기울여 보니/ 달은 간데 없고 물만 있더군.
山僧貪月色, 幷汲一瓶中.
到寺方應覺, 瓶傾月亦空.　　　　　- 《大東詩選》

이런 이치쯤은 우리도 안다. 스님이 탐을 내어 길은 것은 달의 허상虛像이었다. 실체實體로서의 달은 하늘에 있다. 스님은 그걸 착각한 걸까? 어떻든 허상을 길었으니 그 병 속에 실체로서의 달이 있을 리 없다.

그러나 맑은 우물 속에 아름답게 뜬 달을 그것이 달의 실체가 아니라고 해서 사랑하지 않을 수는 없는 일 아닌가? 우물에 뜬 달은 하늘에 뜬 달보다 더 아름다울 수도 있다. 그저 긷지는 말고 보기나 하면 된다. 욕심 없이.

– 1997

저 눈 좀 보렴 / 李齊賢;山中雪夜

한낮에 북풍을 타고 불어오는 세찬 눈보라도 좋지만 한밤에 소리 없이 퍼붓는 함박눈도 그에 못지않게 좋다. 다음은 한밤의 눈 내리는 산속.

> 이불도 썰렁하고 등불도 희미하고,/ 사미沙彌는 밤새도록
> 종도 안 치고,/ 나그네가 일찍 깨서 심술이 났나./
> 소나무를 뒤덮는 저 눈 좀 보렴.
> 紙被生寒佛燈暗, 沙彌一夜不鳴鐘.
> 應嗔宿客豈門早, 要看庵前雪壓松.　　　　– 《東文選》

한 나그네가 절에서 잔다. 종이 같은 얇은 이불, 한기가 끼친다. 뜰에 밝혀 둔 등불도 다 사위었다. 밖에 눈이 오나 보다. 나그네는 일어나 문을 열고 나간다. 아, 눈이다. 펑펑 퍼붓는 눈이 암

자 앞 푸른 소나무를 뒤덮고 있다.

사미는 새벽이 되었는데도 종을 안 친다. 내가 한밤중에 일어나는 바람에 잠을 설쳤을 사미, 그래 심술이 난 것일까? 그러고 보니 좀 미안하다. 하지만 저 눈 좀 보렴. 저 푸른 소나무를 짓누르는 흰 눈을 보지 않고 어떻게 잠이나 자니?

눈 퍼붓는 산중이 그림만 같다.

– 1997

농촌의 봄날 / 李穡;田家

경운기가 밭을 간다. 이앙기가 모를 심는다. 콤바인이 탈곡을 한다. 요즈음의 농촌 풍경이다. 나는 이런 농촌을 보면서 이따금 내가 자라던 옛날의 그 농촌을 생각할 때가 있다.

밭 갈다 부슬비에 날이 저물어/ 복사꽃 살구꽃 핀 좁다란 길을/
소 타고 돌아오네, 젖은 도롱이./ 비 듣는 냇물엔 꽃잎 떠 가고.
一犁微雨暗田家, 桃杏成林路自斜.
歸跨老牛蓑半濕, 陂塘處處泛殘花.   – ≪東文選≫

이 시를 읽노라면, 보슬비 내리는 저무는 날의 봄의 들이 눈에 보이는 듯하다. 복사꽃 살구꽃 흐드러지게 핀 마을길도 선명하게 떠오른다. 꽃이파리 떠 가는 냇물도 바로 곁에 있는 듯하다.

그러나 무엇보다도 더 가까이 다가서는 것은 소를 타고 돌아 오는 젖은 도롱이, 그 평화롭고 순박한 모습이다. 들에 소가 사라 진 오늘의 농촌에도 그런 평화와 순박이 남아 있을까?

- 2001

어느 절 풍경 / 李崇仁;題僧舍

세상에는 현실現實에 매달려 아등바등 사는 사람이 대부분이지 만, 더러는 그런 데서 멀리 떠나 한가로이 사람도 있는 모양이다.

> 푸른 산에 오솔길 호젓도 한데/ 송홧가루 비 맞아 노란히 지면/
> 스님이 물을 길어 돌아간 절엔/ 떠도는 흰구름에 파란 연기.
> 山北山南細路分, 松花含雨落繽紛.
> 道人汲井歸茅舍, 一帶靑煙染白雲.　　　　- 《大東詩選》

이 시를 가만히 들여다보면, 노란 송홧가루, 하얀 구름, 파란 연기가 보인다. 한결같이 깨끗한 빛깔들이다. 그 속에 맑은 샘물 을 길어다 차를 달이는 스님의 모습이 떠오른다. 다향茶香까지 은 은히 풍겨 오는 듯하다. 세상사世上事 멀리 잊고 텅 빈 마음으로 자유롭게 사는 모습이다.

　언제 한번 이렇게 살아볼까? 아무래도 나는 현실에 매달려 아등바등 사는 사람 쪽인 모양이다. 그러니 이런 시나 읽으면서 마음을 달래 보는 수밖에.

- 2001

스님의 편지 — 朝鮮時代

塔 / 李禔(讓寧大君) ; 題僧軸

쌀 한 톨, 초 한 자루 없는 사람이 있었다. 집도 없는 사람이었다. 함께 있는 사람도 없었다. 그는 암자에 혼자 살았다. 아무것도 가진 것이 없었다. 다음은 그의 시.

아침은 노을이나 마시고/ 저녁은 달이나 보고./
외로운 암자에 홀로 자는 밤/ 말없이 다가서는 탑 한 층.
山霞朝作飯, 蘿月夜爲燈.
獨宿孤暗下, 惟存塔一層.　　　　　　　　　　　 — ≪大東詩選≫

누구일까, 그 사람? 임금 자리를 버린 양녕대군, 그런 그가 무엇을 가지려 하겠는가? 모두 버렸다. 그러나 마음속 깊은 곳에 탑 하나는 간직하고 있었다. 무엇을 기원하는 탑이었을까?

시가 너무 깨끗하다. 이런 시를 읽으면 자신의 치졸한 삶이 부끄럽게 떠오른다. 쌀도 넉넉하고 불도 밝고 집도 살 만한데, 그래도 더 가지려, 더 밝히려, 더 넓히려 애를 쓴다. 그러면서도 마음속에 기원의 탑 하나 간직할 줄을 모른다. 딱한 사람.

— 1997

스님의 편지 / 金時習;護興, 전 4수 중 제3수

어느 산사山寺의 스님이 저자市井에 사는 선비에게 편지를 보냈다. 그 내용은 선비가 스님의 편지를 받고 쓴 다음 시에 잘 나타나 있다. 지금 가을이 한창이다.

> 산에 사는 스님이 나를 오라네./ 죽순도 한창이고 알밤도 굵고/
> 뜰 하나 가득히 이끼 푸르니/ 어서 와 거문고나 함께 타자네.
> 山人招我歸來篇, 荀已成林栗如拳.
> 滿庭風雨養莓笞, 秋露濕緩梧桐絃.　　　— ≪續東文選≫

그럼 선비는 어떤 답장을 보냈을까? 다음은 나의 기대. 시정現實을 이끌어야 할 선비知性들이 모두 산으로 돌아가 거문고나 탄다면 이 현실은 어찌되겠는가?

산에 사는 스님에게

돌아가고 싶습니다. 죽순 한창인 대밭, 알밤 떨어지는 골짜기, 푸른 이끼 가득한 뜰, 모두 눈에 선합니다. 돌아가 거문고 한가락 타고 싶습니다. 그러면 한가와 자유 속에 살 수도 있겠지요.

그러나 이 저자에는 떨쳐버릴 수 없는 현실이 있습니다. 마음으로 거문고를 타며 이 현실을 이끌까 합니다.

- 2001

한량閑良과 금비녀 / 林悌;鞦韆曲

심각한 시가 꼭 다 좋은 것은 아니다. 한순간이나마 우리의 머리를 산뜻하게 하는 가벼운 시도 나는 좋다. 이를테면 다음과 같은 시. 내용은 한 여인이 그네를 뛰다가 일으킨 사건이다.

난 몰라, 금비녀를 떨어뜨렸네./ 한량 하나 주워들고 능글거리네.
부끄럼 무릅쓰고 "어디 사셔요?"
버들숲 가리키며 "이쪽 셋째 집."
誤落雲鬖金鳳釵, 游郎拾取笑相誇.
含羞暗問郎居住, 綠柳珠簾第幾家.　　　　　- ≪林白湖集≫

한 여인이 그네를 뛰다 금비녀를 떨어뜨렸다. 구경하던 한량 하나가 주워들고 빙긋이 웃는다. 여인이 내려와 손을 내민다. 그러나 능글맞은 한량은 돌려줄 생각이 없다. 밤에 찾아오라는 뜻.

그 다음 이야기는 나도 모른다. 나는 다만 어디 사느냐고 묻는 여인의 부끄러워하는 모습, 어디 산다고 대답하는 한량의 능글거리는 모습, 이 두 모습의 어울림만 소개하는 것으로 족하다. 반박자 쉼표처럼 머리가 산뜻하지 않은가?

– 2001

누구냐고 묻지 말게나 / 白大鵬;九日

옛날의 9월 9일 중양절重陽節, 사람들은 머리에다 수유꽃 꽂고 산에 올라가 술을 마셨다. 머리가 허옇게 센 한 남자가 그 가운데 있었다. 어느덧 달이 떴다. 몹시 취한 모양이다. 왜 그렇게 취했을까? 다음은 그의 시.

취하여 머리에다 수유꽃 꽂고/ 빈 술병 홀로 베고
달 아래 눕네./ 여보게, 누구냐고 묻지 말게나/
험한 세상 머리 허연 종놈인 것을.
醉揷茱萸獨自娛, 滿山明月枕空壺.
傍人莫問何爲者, 白首風塵典艦奴.　　　　　 – 《大東詩選》

지은이 백대붕白大鵬은 탁월한 시인이었지만 그러나 미천한 신분, 다른 사람 같았으면 벌써 높은 벼슬에 올랐을 그는 딱하게도 전함사典艦司(조선시대 艦船에 관한 일을 맡아 보던 관청)의 한낱 종놈이었다. 어떻게 취하지 않겠는가?

지금은 어떨까? 탁월한 재능을 가졌으면서도 쓸데없는 조건들 때문에 사회의 전면에 나오기 어려운 사람은 없을까?

- 1997

그 피리 불지 말게나 / 申欽; 塞下曲

사회적 지위가 상당한 계층에 어쩌면 그리도 군에 다녀오지 않은 사람이 많은가? 이른바 병역비리兵役非理라는 것, 이런 사실이 신문에 날 때, 나는 다음 시를 생각한 일이 있다.

모랫벌 어두운데 북풍北風 이는 곳/ 천리千里 먼 관문關門 밖의
험한 수자리./ 여보게, 그 피리 불지 말게나./
기러기 다한 하늘 못 가는 사람.
沙磧沉沉朔氣來, 玉門關外是龍堆.
居人莫吹更羌笛, 雁盡遼天客未廻.　　　- 《大東詩選》

지금 이 변방 모랫벌에 어둠은 내리는데 몰아치는 북풍에 산이 운다. 멀리 집을 떠나온 한 병사가 눈을 감는다. 사랑하는 아

내, 귀여운 아이들, 기러기는 다 돌아갔지만 그는 아직 돌아갈 수가 없다. 어디선가 문득 피리 소리가 들려온다. 그리움에 가슴이 찢어질 듯하다.

병사들은 언제 어디서나 괴롭다. 이 괴로움은 나라의 젊은이들이 함께 겪어야 할 바의 것이다. 그런데 법을 속여 이 괴로움을 면한다면 나라는 어찌될 것인가? 더구나 사회적으로 높은 지위에 있는 사람들이….

- 1997

선비의 단옷날 / 榴得恭;端陽雜絶

오늘은 음력으로 5월 초닷새, 바로 단옷날이다. 단양端陽이라고도 한다. 환갑쯤 된 한 선비가 있다. 그의 단옷날은 어떠할까?

> 숲 사이 나비 날고/ 풀밭엔 향기 일고./
> 졸다가 깨어 보니/ 가랑비 흩뿌리고.
> 樹間雙蝶誰見, 草際微香獨聞.
> 午睡無人更喚, 映簾疎雨繽粉.　　　　　－ 《四家詩抄》

이 시를 읽노라면 숲 사이 하늘하늘 나는 나비가 눈에 보이는 듯하다. 상긋이 풍겨오는 풀 냄새도 코에 스미는 듯하다. 가랑비 흩뿌리는 소리도 저렇게 들리지 않는가? 그 속에 졸다 깨는 선비가 그지없이 평안하다.

그런데 집안에 사람이 보이질 않는다. 다들 그네 뛰러 갔나, 씨름판엘 갔나? 그러나 조금 있으면 혼자 있는 영감님을 위해 마나님이 돌아오고, 점심때엔 며느님이 달려와 점심상을 차릴 것이다. 상 위엔 차륜병車輪餅 한 접시, 상 옆엔 묵직한 술병 하나, 선비가 그지없이 평안하다.

- 2001

모두 군자君子야 / 申緯;春日山居, 15수 중 제12수

선비 한 사람이 시골에 내려가 산다. 도시가 싫어서 간 것이다. 살아 보니 좋았다. 그래 어느 봄날 한가로이 거닐면서 시 한 수 읊었다.

> 사람들 붐비는 곳 인심 사나워./ 시골은 안 그래, 모두 착하지./
> 떳지붕에 사립문 저 서너 집./ 개 닭 한 마리도 모두 군자야.
> 縣市人心惡, 山村物性良.
> 茅柴三四屋, 鷄犬盡羲皇   - ≪大東詩選≫

선비가 찾아간 시골은 집도 몇 채 안 되었다. 모두가 가난했

다. 그러나 한결같이 착했다. 그들이 기르는 개 닭 같은 짐승들도
다 군자 같았다.

도시는 사람이 붐비는 곳이다. 붐비다 보니 아옹다옹 다툴 일
이 자꾸 생긴다. 인심이 사나워질 수밖에 없다. 고함치는 사람,
주먹질하는 사람, 멀쩡하게 속이는 사람, 별 사람이 다 있다.

그런데 이렇게 쓰고 보니 한 가지 걱정이 생긴다. 시골도 지금
은 사람이 붐빈다. 그럼 이 선비는 어디 가 살까?

- 1997

지팡이 하나 金炳淵(김삿갓) ; 艱飮野店

나는 비록 가난하긴 하지만 작은 승용차도 한 대 있다. 또 소
주 한잔 사먹을 돈도 없지 않다. 그런데 큰 차가 탐나고 돈 있는
사람이 부러울 때가 많다. 이것은 비단 나만 그런 것은 아닐 것
이다. 다음은 그럴 때 생각나는 시.

> 나그네 천릿길에 지팡이 하나/ 그래도 남은 돈이
> 일곱 푼일세./ 돈아, 돈아, 주머니 속 깊이 있거라./
> 석양夕陽에 주막집을 어찌 지내니.
> 千里行裝付一柯, 餘錢七葉尙云多.
> 囊中戒爾深深在, 若店斜陽見酒何.　　　 － 《金笠詩集》

천하의 나그네 김삿갓이 길을 간다. 행장은 지팡이 하나, 주머니엔 엽전 일곱 푼, 어느 산길 바위에 앉아 잠시 다리를 쉬고 일어선다. 어디 한잔할 주막집 하나 없나?

길고 긴 인생길에도 지팡이 하나에 엽전 일곱 푼이면 족한 나그네, 그는 지금 더 좋은 차에 더 많은 돈 때문에 안달이 난 우리를 비웃고 있을 것이다. 어느 주막집 마루에서 한잔하며.

- 2001

사랑의 노래 – 女流詩篇

꿈길 / 黃眞伊;相思夢

　끔찍이도 사랑하는 두 연인이 있었다. 그러나 그들은 서로 만날 수가 없었다. 그 사정은 알 수 없다. 그러니 꿈에나 의지할 수밖에. 자, 그런 연인들을 생각하며 시 한 수 읽자.

　꿈 아니면 어디서 님을 뵈오리./ 꿈길 따라 님 계신 곳
　찾아갔더니/ 님께선 나를 찾아 떠나셨다네./
　내일 밤은 한 꿈길에 만나지이다.
　相思相見只憑夢, 儂訪歡時歡訪儂.
　願使遙遙他夜夢, 一時同作路中逢　　　　　－《韓國女流漢詩選》

　어느 날 꿈속에서였다. 여인이 님을 찾아갔다. 가 보니 님께서 안 계셨다. 나를 찾아 떠나신 것이다. 꿈에나마 의지하려던 그 연

인들, 그러나 꿈속에서의 만남까지도 어긋난다.

여인이 집에 그냥 있었더라면 만날 수가 있었다. 님께서 그냥 집에 계셨어도 만날 수가 있었다. 그러나 어떻게 그냥 집에 있을 수 있겠는가? 참으로 님이 그리운 사람은 그러지 못한다.

- 1997

이 꽃하고 나하고 / 許蘭雪軒;長干行

연인이나 부부처럼 보이는 젊은이들이 야하지 않게 팔을 끼고 가는 것을 보면 참 보기 좋다. 그럴 때 나는 그들이 무슨 언어를 나눌까 하면서 우리 한시 한 수를 욀 때가 있다.

우리 마을 이름은 장간리長干里여요./ 어느 날 이 마을의
앞길을 가다/ 꽃 꺾어 임 주며 물어 봤지요./
"이 꽃하고 나하고 누가 더 예뻐?"
家居長干里, 來往長干道.
折花問阿郎, 何如妾貌好.　　　　　　　　　－ 《蘭雪軒集》

"이 꽃하고 나하고 누가 더 예뻐?"
이렇게 묻는 여인의 서글서글한 두 눈에 눈웃음이 번져 온다. 행복한 눈길이다. 꽃을 받아든 낭군의 눈가에도 미소가 번진다.

역시 행복한 눈길이다.

  말 한 마디 산뜻하면 두 사람이 얼마나 행복해지는지 모른다.
이런 사실을 아는 사람은 상대방의 속을 떠보려는 말, 야유하는
말, 짜증내는 말, 강요하는 말, 이런 말들이 얼마나 두 사람 사이
를 황폐화荒廢化시키는지도 잘 안다.

- 1997

거문고도 흐느끼네 / 李梅窓;春思

  사랑하는 두 사람, 그러나 헤어져야 했다. 그가 떠날 때 그녀
에게 말했다. 꽃 필 무렵이면 꼭 돌아오겠다고. 그런데 님에게 무
슨 일이 있는가?

> 삼월달 봄바람에 꽃잎은 흩나는데
> 강남의 내 님은 돌아올 줄 모르시네.
> 애끓는 사랑의 노래 거문고도 흐느끼네.
> 東風三月時, 處處落花飛.
> 綠綺相思曲, 江南人未歸.　　　　　－ ≪梅窓集≫

  그녀는 밤마다 님이 그리워 사랑의 노래를 부른다. 애절한 가
락이다. 둥기둥 둥기둥둥, 거문고도 주인의 마음을 아는가, 흐느
껴 운다.

지은이 이매창李梅窓을 생각하면 마음이 아프다. 그녀는 노래와 춤, 거문고와 시漢詩와 時調, 모두가 탁월한 여인이었지만, 사랑은 헤어지고 또 헤어지는 슬픈 것이었다. 그러다 혈육 한점 남김 없이 서른여덟의 젊은 나이로 이승을 떠났다.

저승에선 정도 깊고 시도 아는 좋은 사람 만나, 여보 당신 부르며 이별 없이 한세상 좋이 사시라. 달 밝은 밤이면 거문고도 좀 타고.

- 1997

잔치하는 날 / 申芙蓉堂;春詞

온 산과 들에 봄빛이 푸르다. 날씨도 화창하다. 아, 저 차일遮日 친 집에 무슨 경사慶事가 있나 보다. 사람들이 모여든다. 우리도 가 볼까?

봄빛 푸르고 날씨 좋구나./ 나무도 기뻐하네, 풀도 기쁘고./
아들딸 잔 올리며 비는 말씀이/ 오래오래 사시소서, 평안하소서.
靑春冥冥, 草木訢訢.
祝日萬歲, 父母安安.　　　　　- ≪芙蓉詩選≫

지금 한창 잔치가 벌어지고 있다. 어머니의 회갑 잔치인지 아버지의 칠순잔치인지 그건 아직 물어보지 못했다. 어쩌면 두 분의 회혼잔치인지도 모르겠다. 이윽고 아들딸들이 잔을 올린다.

"오래오래 사시소서."

"날마다 평안하소서."

참 행복해 보인다. 어머니 아버지 앞에 잔 올리는 저 아들딸들 얼마나 기쁠까? 두 분 다 살아 계시니 기쁘고, 두 분 다 건강하시니 기쁘고, 나는 두 분이 다 안 계시다. 살아 계실 때 나는 어찌했던가? 이 시 앞에 너무 부끄럽다.

- 2001

향가 鄕歌

어여쁘신 공주님 / 薯童;薯童謠

옛날 백제 땅에 마를 캐서 생계를 잇는 한 소년이 있었다. 그래 사람들은 그를 서동薯童, 마 캐는 아이이라고 불렀다. 그는 기량器量이 출중했다. 어느 날 소년은 신라 진평왕眞平王의 셋째 따님 선화善花, 善化공주가 탁월한 미모美貌라는 소문을 들었다. 그는 곧 신라로 향했다. 그러나 어떻게 공주를 만나겠는가? 그는 거리의 아이들에게 마를 나누어 먹이면서 스스로 노래를 지어 아이들에게 부르게 했다.

어여쁘신 공주님, 선화공주님/ 아무도 모르게 얼어 두시고,/
밤이면 서동님께 몰래 가시네./ 그님 품에 안기시려 몰래 가시네.

노래는 삽시간에 퍼져 궁궐에까지 들리게 되었다. 공주가 서동을? 그리하여 공주는 지은 죄 없이 귀양길에 올랐다. 그때 서동이 나타나 공주를 수행했다. 공주는 그가 누군지 모르면서도 미덥고 기뻤다. 둘은 그 가는 길에 정을 통했다. — ≪三國遺事≫ 이 노래가 마 캐는 아이의 노래, 곧 〈서동요薯童謠〉다.

서동이 제 욕심을 채우려고 공주를 궁지에 몰아넣은 것은 떳떳치 못하다. 그러나 그런 것을 덮어 두고 다시 읽어 보면 산뜻한 데가 있다. 공주는 왜 서동을 보고 미덥고 기뻤을까? 서동의 비범非凡함을 보았기 때문이다. 임금을 알아본 선화공주, 백제 제30대 무왕武王이 바로 이 서동이다.

나는 서동 같은 비범함이 없으므로 선화공주와 사랑을 나눌 수는 없을 것이다. 그러나 짝사랑이야 못하랴? 젊은 날부터 선화공주는 내 가슴에 있었다.

— 2003

이 꽃을 그대에게 / 失名老人;獻花歌

신라 성덕왕聖德王 때 수로水路라는 여인이 있었다. 용도 탐낼 만큼 그녀는 아름다웠다. 그녀의 남편 순정공純貞公이 강릉태수江陵太守가 되어 갈 때의 일이다. 일행이 어느 바닷가에서 점심을 먹게 되었다. 그때 그 바닷가 천길 높이 솟은 바위 위에 철쭉꽃이 만발해 있었다. 여인은 그 꽃이 탐났지만, 종자從者들은 사람의 발길이 닿을 수 없는 곳이라고 했다. 그때 암소를 몰고 지나가던 한 노인이 이를 알고 그 꽃을 꺾어다 노래와 함께 바쳤다.

자줏빛 바위 가에 암소 버리고/ 험한 벼랑 높이 올라
꽃을 꺾었네./ 이 몸을 부끄리지 않으신다면/
이 꽃을 그대에게 바치오리다.

노인이 어떤 사람인지는 알 수 없다. - ≪三國遺事≫

그 유명한 〈헌화가獻花歌〉가 바로 이 노래다. 꽃 바치는 노래. 어느 오페라의 한 장면 같다. 푸른 바다, 흰 모래, 깎아 세운 듯 천길 높이 솟은 바위, 그 위에 만발하여 불타는 철쭉, 이제 노인이 꽃을 바치며 노래를 부른다. 신비로운 힘과 여인에 대한 열정, 거기다 노래 부르는 멋까지 철철 흐른다.

그런데 여인은 말이 없다. 체통을 지켜야 하는 태수의 부인이어서 그럴까? 나는 여인이 다음과 같이 화답하며 꽃을 받는 모습을 그린 일이 있다.

그대, 이 마음을 헤아리시오니/
주시는 그 꽃을 받자오리다.

- 2003

우리 만날 날 / 月明;祭亡妹歌

　신라 경덕왕 때 스님 월명月明이 일찍 죽은 누이를 위하여 재齋를 올림에 향가鄕歌를 지어 제사하니, 홀연히 바람이 불어 지전紙錢이 서쪽으로 날아가 사라졌다. 노래는 이러하다.

　　생사로生死路 예 있음에 두려웠느뇨.
　　가노라는 말 한마디 남김 없구나.

　　가을 이른 바람에 잎새 흩날 듯,
　　한 가지에 나고서도 가는 곳 몰라.

　　아아, 미타찰彌陀刹에 우리 만날 날,
　　도道 닦아, 도를 닦아 기다리리라.

　월명은 늘 사천왕사四天王寺에 있었는데 피리를 잘 불었다. 일찍이 어느 달 밝은 밤 피리를 불며 사천왕사 문 앞의 큰길을 지나갔더니 하늘을 떠 가던 달이 발길을 멈추었다. 이로 하여 그 곳을 월명리月明里라 부르게 되었다. － 《三國遺事》

　이 노래가 〈제망매가祭亡妹歌〉다. 죽은 누이를 제사하는 노래.

　나는 이렇다 할 근거도 없이 월명 스님이 스물일곱 살의 훤칠한 키에 얼굴이 아주 맑고 깨끗한 모습으로 떠오른다. 지금 이 스님이 피리를 불며 월명리 그 달 밝은 밤을 가고 있다. 죽은 누이를 생각하며 불었을 그 피리 소리, 너무 애절하여 하늘을 떠 가던 달도 걸음을 멈춘다.

이제 스님은 미타찰(극락)에서 누이와 더불어 사별死別 없는 삶을 누리리라. 거기서도 피리는 불겠지만 이승에서처럼 애절하지는 않으리라.

- 2003

천 손, 천 눈, 눈 하나 덜어 /希明；禱千手觀音歌

신라 경덕왕景德王 때 희명希明이라는 여인이 있었다. 그런데 그녀의 어린 아들이 다섯 살에 이르렀을 때 갑자기 두 눈이 다 멀었다. 어느 날 희명이 아이를 안고 분황사芬皇寺 좌전左殿 북쪽 천수대비千手大悲의 벽화 앞에 나가 아이로 하여금 노래를 지어 부르게 했더니(실은 희명이 지어서 아이에게 부르게 했을 것이다.) 곧 아이가 눈을 떴다. 노래는 이러하다.

무릎을 곧추고 두 손을 모아/ 천수관음千手觀音께 비옵나이다.
천 손, 천 눈, 눈 하나 덜어/ 둘 감은 제 눈을 고쳐 주소서.
아, 눈 하나 끼쳐 주시면/ 크기도 하시리라, 그 자비慈悲시여.

- ≪三國遺事≫

이 노래가 〈도천수관음가禱千手觀音歌〉, 곧 천수관음께 비는 노래다.

희명이 아이를 안고 절엘 간 것은 천수관음千手觀音의 존재와 그 능력에 대한 절대의 확신이 있었기 때문일 것이다. 천수관음에 대한 그녀의 기원도 여간 간절하지 않았을 것이다.

신앙信仰이란 어떤 것일까? 나는 알지 못한다. 그러나 자기가 믿는 어느 절대자絕對者의 존재와 그 능력에 대한 확신, 그리고 그 절대자를 향한 간절한 기원을 빼놓고서는 말하기 어렵지 않을까 한다. 불교 신앙이든 기독교 신앙이든 또 무슨 신앙이든….

– 2003

백제가요 百濟歌謠, 고려가요 高麗歌謠

달하, 높이곰 돋으시어 / 行商人妻;井邑詞

　산 위에 둥근 달이 둥실 뜨면, 옛날 백제의 한 여인이 떠오를 때가 있다. 어느 행상인行商人의 아내다. 행상 나간 남편이 돌아올 때가 지났는데 돌아오질 않는다. 어느덧 달이 뜬다. 여인은 겁이 덜컥 나 허겁지겁 산을 오른다. 높은 데 오르면 남편이 돌아오는 모습을 볼 수 있을까? 그러나 남편은 보이지 않는다. 여인은 두 손을 모으고 달을 우러른다.

　달하, 높이곰 돋으시어/ 멀리곰 비취오시라.
　저자에 녀러신고요/ 진 데를 디디올세라.
　어느이다 놓고시라./ 내 가논 데 졈그를세라.　　　　－ 《樂學軌範》

이 노래가 〈정읍사井邑詞〉다. 정읍 여인의 노래.

좀 어려운 말이 있어서 학자들도 많이 고심하는 모양이다. 그러나 우리는 그 첫 구절 "달하, 높이곰 돋으시어/ 멀리곰 비춰오시라."만 외어도 남편의 무사無事를 위한 한 아내의 간절한 기원을 이해하는 데 충분하다.

그날 그 남편은 무사히 돌아왔을 것이다. 달님이 그 아내가 간절하게 기원하는 것을 보셨을 테니까. 착한 아내들이여, 우리들 보통의 남편은 다 저 행상처럼 고달프다. 그를 위하여 당신이 믿는 달님에게 두 손을 모으고 기원을 드리지 않겠는가?

- 2003

청산에 살어리랏다 / 作者未詳;靑山別曲

옛날 어느 실연失戀한 젊은이를 한 사람 상상해 보자. 그는 그녀를 끔찍이도 사랑했다. 그러나 그녀는 그를 떠났다. 사정은 내가 알 수 없으니 각자의 상상에 맡기겠다. 어떻든 그는 세상이 싫어졌다. 다음은 그의 노래.

살어리 살어리랏다/ 청산에 살어리랏다.
머루랑 다래랑 먹고/ 청산에 살어리랏다.(제1연)

어디라 던지던 돌코/ 누리라 마치던 돌코.
믤 이도 괼 이도 없이/ 맞아서 우니노라.(제5연)

- ≪樂章歌詞≫

푸른 산 그 슬픈 산의 노래, 이 노래가 〈청산별곡靑山別曲〉이다.
한 청년이 같은 직장의 어느 처녀를 사랑했다. 직장의 한 선
배가 이를 알고 중매를 섰다. 그런데 처녀가 싫다고 했다. 그러
자 청년은 자존심이 상해서 못 살겠다며 며칠을 두고 술을 퍼마
셨다. 그리고 그런 며칠이 지나자 아무렇지도 않은 듯 웃음을 되
찾았다. 나는 그때 그의 사랑이라는 것에 회의가 일었다.

실연을 당했을 때, 세상이 싫어질 만은 해야 그래도 사랑이라
고 할 수 있을 것이다. 돌에 맞은 듯 아픈 밤이 이어져야 그래도
사랑이라고 할 수 있을 것이다. 그러나 지금은 쉽게 달아오르고
쉽게 식는 세상, 어찌 생각하면 그것이 편하게 사는 길인지도 모
르겠다. 그런데 내 붓끝이 왜 이렇게 개운하질 못할까?

- 2003

우리 어머니 / 作者未詳 ; 思母曲

우리 집에 호미 두 자루, 낫 한 자루가 있다. 나는 이것으로 뜰
의 잡초를 매고 시든 호박덩굴을 거둔다. 그러노라면 멀리 고려

의 노래 하나가 떠오를 때가 있다. 그럴 때 나는 이 노래를 흥얼
거리면서 우리 어머니를 생각한다.

> 호미도 날₢이언마라난/ 낫같이 들 이도 없으니이다.
> 아버님도 어이父母어신마라난/ 어머님같이 괴실 이 없어라.
> 아소 님하,/ 어머님같이 괴실 이 없어라.　　　　　－ ≪樂章歌詞≫

어머니를 사랑하는 노래, 이 노래가 곧 〈사모곡思母曲〉이다.
　우리 어머니는 우리 아홉 남매를 끔찍이도 사랑하셨다. 그 어
렵던 시절, 우리가 배고플까 봐 동분서주하셨다. 우리가 잘못 자
랄까 봐 노심초사하셨다. 우리 어머니가 드리는 기도祈禱의 가장
큰 주제는 우리 아홉 남매의 무사였다. 아버지도 똑같으셨다. 그
러므로 아버지를 날 무딘 호미로, 어머니를 잘 드는 낫으로 비유
한 이 노래의 수사법에 나는 동의하지 않는다.
　그러나 어떤 특수한 상황을 상정한다면 수긍할 수도 있을 것
같다. 가령 콩쥐 같은 경우다. 어머니를 일찍 여의고 계모에게 구
박받는 아이, 그러나 아버지는 그걸 모른다. 지금 우리나라에서
는 네 쌍 중 한 쌍 꼴로 이혼을 한다고 한다. 제발 콩쥐 같은 아
이들이 생겨나서 이 노래를 부르는 일이 없기를.

－ 2003

닭긔둥 방아나 찧어 / 作者未詳; 相杵歌

　지난 주말 친구 몇 사람과 교외로 어느 음식점을 찾은 일이 있다. 동동주와 파전 같은 것을 파는 민속음식점이다. 뜰에 놓인 들마루 저만치에 나무 절구통 하나가 묵직하게 앉아 있었다. 나는 그 절구통을 바라보면서 동동주 한 잔을 들었다. 문득 옛 노래 하나가 떠올랐다.

　　닭긔둥 방아나 찧어,/ 게궂은 밥이나 지어.
　　아버님 어머님께 받잡고/ 남거시든 내 먹으리. ─ ≪時用鄕樂譜≫

　이 노래가 〈상저가相杵歌〉, 곧 방아 찧으며 부르는 노래다.
　한 젊은 여인이 늙은 부모를 모시고 산다. 끼니때가 되었다. 겉곡식을 찧어 밥을 지어야 하는데, 벼는 처음부터 없고 조나 수수 같은 것이, 그것도 아주 조금 있는 모양이다. 게궂은(궂은, 험한) 밥밖에 지어 드릴 수 없는 여인의 아파하는 마음이 짠하게 다가온다.
　내 어머니 내 아버지 살아 계실 때, 내가 이 여인이 아파하는 마음의 천분의 일千分之一로나마 그 분들을 모신 일이 있었던가? 섭섭도 하셨을 두 분.

─ 2003

시조 時調

이 몸이 죽어 죽어 / 鄭夢周;丹心歌

고려말 어느 날의 일이다. 후에 조선 제3대 임금이 된 이방원李 芳遠이 정몽주鄭夢周를 초대하고 넌지시 시조 한 수 읊었다. 이른바 〈하여가何如歌〉다.

이런들 어떠하며 저런들 어떠하리.
만수산萬壽山 드렁츩이 얽어진들 그 어떠하리.
우리도 이같이 얽어져 백년까지 누리리라.　　　　　　－ 《靑丘永言》

물론 조선 개국의 주역인 이방원이 정몽주의 뜻을 묻는 노래, 그러나 정몽주의 뜻은 단호했다. 다음은 그 단호한 뜻을 읊은 이 른바 〈단심가丹心歌〉.

이 몸이 죽어죽어 일백 번 고쳐죽어

백골_{白骨}이 진토_{塵土}되어 넋이야 있고 없고.

님 향한 일편단심_{一片丹心}이야 가실 줄이 있으랴.   - 《青丘永言》

그 얼마 뒤 정몽주는 이방원의 문객인 조영규_{趙英珪}에게 죽임을 당했다. 아, 그때 나라면 어찌했을까? 어차피 고려는 기운다. 그러므로 새 세력에 동조하면 대대손손 영화를 누릴 수 있다. 아니, 동조는 못할망정 묵인만 하더라도 목숨은 구할 수 있다. 그러나 충신은 흰 뼈가 흙먼지가 되어 넋이야 있든 없든 추호도 그런 생각은 하지 않았다.

아무나 충신이 될 수는 없는 것, 이렇다 할 신념도 없이 바람 부는 대로 그럭저럭 살아가는 나를 생각하면 이 위대한 교과서 앞에 너무 부끄럽다.

- 2003

재너머 성 권농_{成勸農} 집에 / 鄭澈

누가 그러는데 내 글에는 술 이야기가 많다고 한다. 정말 그런 것 같다. 내가 술을 좋아해서 그럴 것이다. 나는 또 언제부터인지 술이 등장하는 시를 즐겨 읽게 되었다. 역시 술을 좋아해서 그럴 것이다. 정철_{鄭澈}의 다음 시조는 언제 읽어도 흥겹다. 그는 술을 좋아한 시인이다.

재너머 성 권농成勸農 집에 술 익단 말 어제 듣고,
누운 소 발로 박차 언치 놓아 지즐타고.
네 권농 계시냐, 정 좌수鄭座首 왔다 하여라.　　　– ≪松江歌辭≫

　자, 성 권농 집에 한번 가 보자. 성 권농은 정 좌수를 위하여 술을 걸렀다. 친구 있고 술 있으니 더 바랄 게 없다. 권커니 잣거니 하는 사이에 어느덧 해가 저문다. 이제는 헤어질 때다. 손을 흔들어 친구를 보내는 성 권농, 석양에 비스듬히 소를 타고 재를 넘는 정 좌수의 모습이 다정하고 멋스럽다.
　나는 타고 갈 소도 없고 불러주는 성 권농도 없으니 이 글 다 쓰고 나면 마루에 혼자 앉아 쓴 소주나 한잔해야겠다.

– 2003

북천北天이 맑다커늘 / 林悌

　나는 조선 선조宣祖 때의 호탕한 선비 임제林悌를 좋아한다. 나는 또 당시의 매력 있는 기녀妓女 한우寒雨, 찬비도 좋아한다. 어느 날 임제가 한우를 찾아갔다. 술이 몇 순배 돌았다. 임제가 찬비를 바라보며 넌지시 한 수 읊었다.

북천北天이 맑다커늘 우장雨裝 없이 길을 나니/ 산에는 눈이 오고
들에는 찬비 온다./ 오늘은 찬비 맞았으니 얼어 잘까 하노라. —

≪海東歌謠≫

물론 한우의 뜻을 묻는 노래다. 그때 한우가 무슨 뜻인지 모르
고 묵묵부답이었거나 비는 무슨 비가 온다고 그러세요, 했다면
어찌되었을까? 임제는 그냥 일어섰을 것이다. 그러나 찬비는 매
력 있는 여인, 임제를 바라보며 화답을 했다.

어이 얼어 자리, 무슨 일로 얼어 자리./ 원앙침鴛鴦枕 비취금翡翠衾을
어디 두고 얼어 자리./ 오늘은 찬비 맞았으니 녹아 잘까 하노라.

— ≪海東歌謠≫

이들 시조에 무슨 대단한 뜻이 있는 것은 아니다. 그저 재치
있는 중의법重義法이 있다면 있을 정도다. 그러나 자기의 뜻을 시
에 실어 전하는 호탕한 선비와 매력 있는 기녀의 모습은 참 멋
있게 떠오른다.
　지금은 시를 잃은 세월, 어디 가서 이런 멋을 찾을까?

— 2003

임금께 올리는 글 - 新羅時代

임금께 올리는 글/金后稷;上眞平王書

옛날의 임금은 하루에도 반드시 일만 가지 정사政事를 살피며, 깊이 생각하고 멀리 염려하였습니다. 바른 선비正士를 좌우에 두고 그 직간直諫하는 말을 들었습니다. 부지런히 힘쓰고 힘쓸 뿐 감히 편하게 쉴 생각은 하지 아니하였습니다. 그런 연후에야 덕정德政이 순미醇美하여져 국가國家를 보전保全할 수 있다고 믿었기 때문입니다.

이제 전하殿下께서는 날마다 광부엽사狂夫獵師와 함께하십니다. 더불어 매와 개를 놓아 꿩과 토끼를 쫓으시며, 산과 들을 치달려 스스로 그칠 줄을 모르십니다.

일찍이 《노자老子》에 말하였습니다.

"말을 달려 사냥을 하는 것은 사람을 미치게 만든다."

《서경書經》에도 일렀습니다.

"집 안에서 여색女色에 문란紊亂하거나 집 밖에서 사냥에 미치거나, 이 둘 중 한 가지만 있어도 망하지 않는 자가 없다."

이로써 볼 때 안으로는 전하의 마음이 방탕放蕩으로 흐를 것이요, 밖으로는 나라가 위태危殆로워질 것이니, 어찌 반성하지 않을 수 있겠습니까?

전하께서는 이를 깊이 생각하소서. ─《삼국사기三國史記》

✎ 적당히 듣기 좋은 소리로 임금의 비위를 맞추면 부귀富貴도 누리고 영화榮華도 누리는데, 세상에는 그러지 못하는 사람도 더러 있었나 보다. 김후직金后稷, 나는 일찍이 이 글을 읽고 그를 생각하며 다음과 같이 쓴 일이 있다.

이 글의 앞부분은 임금 된 자의 도리道理를 말한 것이다. 그 도리를 실천한다는 것은 매우 어려운 일이다. 그러나 실천하지 않으면 국가國家를 보전할 수가 없다. 이 도리는 오늘의 대통령大統領을 비롯한 위정자爲政者들에게는 해당되지 않는 것일까?

이 글의 뒷부분은 임금의 잘못을 직간直諫하는 내용이다. 신하臣下로서 임금의 잘못을 말하는 것도 매우 어려운 일이다. 그러나 임금의 잘못을 고치지 않으면 국가를 보전할 수가 없다. 이 직간은 오늘의 장차관長次官을 비롯한 많은 관리官吏들에게는 해당되지 않는 것일까?

나라를 잘 보전하려면 직간하는 곧은 신하가 있어야 한다. 그 직간
을 받아들이는 트인 임금이 있어야 한다. 세상에 이런 이치理致를
모르는 사람도 있을까? 다 잘 안다. 그런데도 신하가 말하지 않
고 임금이 듣지 않는 것은 무슨 까닭인가? 그것도 잘 안다.
-저자 ≪고전산문을 읽는 즐거움≫

신라의 김후직金后稷을 생각노라면 백제의 성충(成忠)이 떠오른
다. 그는 의자왕(義慈王)을 간(諫)하다가 왕의 노여움을 사 감옥
에서 죽었다. 죽으면서
"충신忠臣은 죽어도 그 임금을 잊지 않는다 하니, 신臣은 원컨대
한 말씀 올리고 죽고자 하나이다."
하고, 나당군羅唐軍의 침공侵攻을 예언, 그 대비책을 말했다.
- ≪삼국사기≫

그들은 무얼 바라서 그런 게 아니다. 임금이 잘못을 뉘우치고
나라를 보전할 수 있다면, 이 밖에 그들이 무얼 더 바랐겠는가? 그
래서 그들은 충신忠臣인 것이다. 아무나 충신이 될 수는 없는 일.
- 2004

천축天竺 그 먼 길 /慧(惠)超;往五天竺國傳

구시나국拘尸那國에 이르다. 부처께서 열반涅槃에 드신 곳이다.

성城은 황폐하여 사는 사람이 없다. 부처께서 열반하신 그곳에 탑塔이 하나 서 있다. 지금 한 선사禪師가 거기 물을 뿌리고 비로 쓴다.

매년每年 팔월 팔일八月八日이면 승니僧尼와 도속道俗이 함께 여기 모여 큰 공양供養을 연다. 그때 하늘에 깃발들이 나부끼는데 그 수를 헤아릴 수가 없다. 많은 사람들이 그 깃발들을 우러른다. 이 날을 맞아 발심發心하는 사람이 한둘이 아니다.

오천축국법五天竺國法에는 목에 칼을 씌우거나 몽둥이로 때리거나 옥獄에 가두거나 하는 것이 없다. 죄罪를 지은 사람에게는 그 경중輕重에 따라 벌금罰金을 물린다. 형刑으로 사람을 죽이지는 않는다.

위로 국왕國王에서 아래로 서민庶民에 이르기까지 사냥에 매를 놓거나 개를 풀어 쫓게 하는 일은 볼 수 없다. 길에는 비록 도적盜賊이 많지만, 물건을 빼앗으면 곧 놓아 주고 다치게 하거나 죽이거나 하지는 않는다. 그러나 선선히 내주지 않으면 다치기도 한다.

땅은 퍽 따뜻해서 온갖 풀들이 늘 푸르고, 서리나 눈 같은 것은 내리지 않는다.

먹는 것은 멥쌀, 밀가루떡, 찐보릿가루, 차조기, 유락乳酪 등인데, 장醬은 없고 소금만 있다. 여기서는 모두 흙으로 구운 솥으로 밥을 익혀 먹는다. 쇠솥은 없다.

산중에 절이 하나 있다. 나가라다나那揭羅馱娜라는 이름의 절이
다. 한 중국 스님이 이 절에서 돌아갔다. 이 절의 스님이 말했다.
"그분은 중천축국中天竺國에서 오셨는데, 삼장성교三藏聖教에 밝으
셨습니다. 장차 고향故鄉으로 돌아가려 하시다가 갑자기 병病을
얻어 돌아가셨습니다."
나는 그 말을 듣고 마음이 아파 사운四韻으로 오언시五言詩를 써
그의 저승길을 슬퍼했다.

> 스님은 가시고 고향故鄉은 먼데,
> 어디로 떠나셨나,
> 재가 되신 몸.
> 못 이루신 그 소원所願이 애처로워라.
> 흰구름만 부질없이
> 돌아가는가.
> 故里燈無主, 他方寶樹摧. 神靈去何處, 玉貌已成灰.
> 憶想哀情切, 悲君願不隨. 孰知鄉國路, 空見白雲歸.

– ≪往五天竺國傳≫

✎ 위에 보인 세 편의 짧은 글들 중 우선 첫째 글부터.
이 글의 첫 문단은 부처님이 열반涅槃에 드신 곳을 묘사한 것이
다. 사는 사람 없는 황폐한 성城이지만, 비를 들고 탑塔 주변을 쓰
는 한 스님의 모습이 선명하게 다가선다. 손길도 정성스러울 것
이다.

다음 문단은 매년 8월 8일의 모습이다. 승니僧尼와 도속道俗이 함께 여는 대공양大供養, 하늘에 나부끼는 깃발들, 모두가 장엄하다. 발심發心하는 사람들의 진지한 얼굴들이 깃발 속에 빙글빙글 떠오른다.

다음은 둘째 글.

이 글의 첫째 문단은 천축국天竺國의 형정刑政을 말한 것이다. 신체적身體的인 고통苦痛을 줌으로써 벌罰하는 일이 없다. 사형死刑 같은 것은 처음부터 없었던 모양이다. 그래야 사람 사는 세상일 것이다.

둘째 문단은 천축국 사람들의 인성人性을 드러낸 것이다. 사냥은 할 수 없이 하지만 매를 놓거나 개를 푸는 일이 없다. 도적놈도 되도록이면 사람을 해치려 하지 않는다. 사람의 착함性善이 아름답다.

셋째 문단은 그곳의 기후氣候를, 넷째 문단은 식생활食生活을 말한 것이다. 계절季節의 변화가 없으니 좀 권태롭지 않을까? 식물食物도 별로 변변한 것이 없다. 그러나 추위와 배고픔은 모르는 것 같아 다행이다.

끝으로 셋째 글.

이 글은 한 중국 스님의 죽음을 애도哀悼한 것이다. 고향故鄕에 돌아가리라는 그 소원을 이루지 못하고 이국異國의 하늘 아래 한 줌 재灰로 변한 그 스님의 죽음이, 먼 남의 나라 땅에 나그네 노릇 하는 그로서는 감회感懷가 남달랐을 것이다.

　그도 천축국을 여행하면서 나그네의 시름에 잠긴 일이 있다. 다음은 남천축국南天竺國을 지나면서 그 시름旅愁을 읊은 오언시五言詩.

　　달이 하 밝기로 하늘을 보니,/ 흰구름만 저 혼자
　　고향을 가네./ 편지 한 장 전해 달라 불러 보지만,/
　　바람이 사나워서 들리질 않네.
　　고국故國은 북녘 하늘 머언 끝인데,/ 서녘 땅을 헤매는
　　외론 나그네./ 기러기도 더운 데라 날지 않으니,/
　　뉘라서 내 소식을 님께 전할까.
　　月夜瞻鄉路, 浮雲颯颯歸. 緘書參去便, 風急不聽廻.
　　我國天岸北, 他邦地角西. 日南無有雁, 誰爲向林飛.

　이제 이 독후감을 마치려 하니, 세찬 구도求道의 정신으로 먼먼 남의 나라 오천축국五天竺國을 누비는 한 스님, 그러면서도 어느 외로운 죽음을 생각하며 슬픔을 토하는 한 인간, 향수鄉愁에 젖어 달을 우러르는 한 나그네의 모습이 눈앞에 겹쳐 떠오른다.

- 2004

한식寒食날에 술 한 잔 따르며 /崔致遠; 寒食祭陣亡將士文

　오호嗚呼라, 삶이 유한有限함은 고금古今이 탄식하는 바이나, 죽은 자의 이름이 오히려 불후不朽하기도 한 것은 목숨보다 충의忠義

를 앞세웠기 때문이다.

그대들은 온몸을 다하여 활을 당겼다. 통쾌痛快하게 힘을 떨쳐 적敵의 수레를 뒤엎었다. 그리하여 웅비熊羆의 대열隊列에서 기개氣槪를 드높이다 아관鵝鸛 앞에 몸을 마치니, 능能히 간과干戈에 용맹勇猛을 솟구치고 참으로 상자牀第에서 죽는 부끄러움을 면免하였구나.

이제 들풀은 다시 푸르고 꾀꼬리 좋이 우나 아득한 강물에는 흐르는 한恨이 끝없다. 아, 저 황량荒凉한 무덤들 속에 그대들의 혼魂이 있는 줄을 누가 알랴.

내 생각하노라, 그대들의 옛 공功이여,
내 슬퍼하노라, 시절時節의 아름다움이여.
我所念兮舊功勞,
我所傷兮好時節.

나 이제 박薄한 술이나마 여기 한잔 베풀어 저승에 노니는 그대들의 영혼靈魂을 위로慰勞하려 한다. 그대들은 두회杜回의 항적抗敵을 꾀하고 온서溫序의 회귀懷歸를 본받지 않아 능히 장壯한 뜻을 이루었다. 이것을 음공陰功이라 이르는 것이다. ─ ≪계원필경桂苑筆耕≫

✎ 2001년의 일로 기억된다. 돈 받고 군대軍隊 빼주는 이른바 병무비리兵務非理라는 것이 터져서 세상이 온통 떠들썩한 일이 있다. 그때 나는 이 제문祭文을 읽으면서 다음과 같이 썼다.

내가 이 글을 좋아하는 것은, 목숨보다 충의忠義를 앞세웠다와 같은 거룩한 말 때문이 아니라, 아득한 강물에는 흐르는 한恨이 끝없다와 같은 그런 가슴 아픈 한 마디 때문이다. 죽어서 이름이 불후不朽하다 한들 살아서 무명無名함만 하겠는가? 무엇과도 바꿀 수 없는 목숨, 하물며 청청한 젊은 나이였음에랴.

현충일顯忠日이 되면 사람들이 국립묘지國立墓地를 찾는다. 제 명命대로 살다 가도 죽음은 슬픈 것인데, 전선戰線에서 산화散華한 젊음들이 거기 말없이 누워 있다. 흰 옷 입은 여인네들의 오열嗚咽하는 그 모습, 죽은 자의 한恨은 어떠하며 산 자의 한은 또 어떠하겠는가? 들풀은 다시 푸르고 꾀꼬리는 좋이 우는데….

지금 텔레비전에서 뉴스가 쏟아지고 있다. 병무비리의 주범主犯이 검거檢擧되었는데 입을 열지 않는다고 한다. 딱한 세상이다.
　　　　　　　　　　　　　　－ 저자 ≪고전산문을 읽는 즐거움≫

왜 입을 안 열까? 그렇다. 내로라하는 그 이름들을 어떻게 밝히겠는가? 그래도 나라가 이렇게나마 유지되는 것은, 자신도 군대엘 다녀오고 자식도 나이가 되면 군대엘 보내는 그런 사람들이 많아서일 것이다.

다음은 지은이의 〈증운문난야지광상인贈雲門蘭若智光上人〉, 곧 운문사雲門寺 지광智光 스님에게 주는 시다. 세속世俗을 완전히 초월한 한 자유인自由人의 모습이 선명하게 드러나 있다.

구름 속에 암자 엮고 참선 사십 년,

산 밖을 난 일 없고
서울도 몰라.
대홈통엔 샘물 소리, 창엔 성근 별,
시 읊다 눈 감고
참을 깨달아.
雲畔構精廬, 安禪四紀餘.
笻無出山步, 筆絶入京書.
竹架泉聲緊, 松欞日影疎.
境高吟不盡, 暝目悟眞如.

— ≪大東詩選≫

- 2002

울지 않는 닭 -高麗時代

울지 않는 닭 /金富軾; 啞鷄賦

날과 달이 바뀌어 해가 저무니, 괴롭게도 낮은 짧고 밤이 길다. 이 긴 밤, 어찌 등불 없이 글을 읽으랴마는 병든 몸이라 억지로 할 수가 없다. 뒤척이며 잠 못 이루는 일촌一寸 창자에 온갖 근심이 다 얽힌다.

가까이에 닭장이 있다.

"조만간早晚間 닭이 홰를 치고 울리라."

침의寢衣 그대로 앉아 창틈의 미명微明을 본다. 보다가 문을 열고 나가 하늘을 우러른다. 심성參星이 맑게 서녘으로 기울어 있다. 아이를 불러 묻는다.

"대체 닭이 살았느냐 죽었느냐?"

잡아서 제사祭祀에 쓴 일도 없는데 왜 울지를 않느냐? 살쾡이에게 해를 입을까 봐 그러느냐? 어찌 머리를 떨어뜨리고 눈을 감고 마침내 입 다물고 소리가 없느냐? 국풍國風에는 닭이 군자君子를 생각하여 비바람 속에서도 울어 마지않는다 했는데, 울 때에 오히려 입을 다무니 어찌 천리天理에 어긋남이 아니냐?

이는 개가 도둑인 줄 알고도 짖지 않는 것이나 고양이가 쥐를 보고도 쫓지 않는 것이나, 제 타고난 재능才能을 다하지 않기는 마찬가지이니, 그러므로 잡아 죽이는 것이 또한 마땅하나 성인聖人의 가르침이 불살위인不殺爲仁이라 하셨으니….

"네 만일 마음이 있거든 이를 고맙게 알아, 잘못을 뉘우치고 스스로 새로워져라." ─ 《동문선東文選》

✎ 닭이 하는 일은 무엇인가? 울어서 새벽을 알리는 것이다. 그런데 이 글의 닭은 울지를 않는다. 그렇다면 왜 있어야 하는가? 도둑인 줄 알고도 짖지 않는 개, 쥐를 보고도 쫓지 않는 고양이, 이들도 마찬가지다. 문득 그런 고양이를 나무라는 옛글 하나가 생각나기로 다음에 적는다. 이규보李奎報의 〈묘잠猫箴〉.

귀도 있고 눈도 있고 발톱도 있고 어금니도 있으면서, 쥐들이 구멍을 뚫고 저리 방자放恣하게 날뛰는데, 너는 어찌하여 잠만 자고 움직이질 않느냐?

旣耳而目 亦爪而牙, 穿窬方肆 胡寐無吡　　　　　　─ 《東文選》

닭이 울지 않아도 새벽은 올 것이다. 그러나 힘차게 울어 머잖아 새벽임을 알려준다면, 밤이 괴로운 사람들에겐 그보다 더 큰 위안慰安이 없을 것이다.

도둑은 늘 있다. 그러나 개가 그 도둑을 보고 꼭 짖는다면 도둑은 그만큼 줄어들 것이다. 쥐도 늘 있다. 고양이가 쥐를 보고 빠짐없이 쫓는다면 쥐 역시 그만큼 줄어들 것이다. 아주 없앨 수는 없겠지만, 그런대로 세상은 얼마나 조용해지겠는가?

닭이여, 울어서 새벽을 알리라. 개는 도둑을 향해 짖고, 고양이는 쥐를 보고 쫓으라. 너희가 그러지 않으면 이 땅에 사는 힘없는 백성百姓이 괴롭다.

자, 지은이의 시 한 수 읽고 마치자. 제목은 〈동궁춘첩자東宮春帖子, 입춘 날 동궁에 써 붙인 봄의 글〉. 새벽에 부왕父王께 문안問安하는 동궁東宮이 미덥다.

동궁 안 다락 끝은 날이 새는 빛,/ 버들은 봄바람에
눈이 트는데./ 깊이 든 곤한 잠들, 아직 첫 새벽,/
동궁께선 어느 새 문안 가셨네.
曙色明樓角, 春風着柳梢.
鷄人初報曉, 已向寢門朝.　　　　　　　　　－ 《東文選》

－ 2004

술이 있어야 배도 잘 간다 /李奎報;舟賂說

이자李子가 남南으로 한 강江을 건너는데, 함께 건너는 또 한 배方舟가 있었다. 배의 크기도 같고 노꾼榜人의 수효數爻도 비슷했으며 거기 실은 인마人馬의 수數도 거의 같았다.

그런데 잠시 후에 보니, 그 배는 뜨자마자 나는 듯하여 이미 저쪽 언덕에 닿았는데, 내가 탄 배는 머뭇거리며 나아가지 않았다. 까닭을 물은즉 배 안에 있는 사람이 말했다.

"저 배는 함께 탄 사람들이 노꾼들에게 술을 먹여서 그들이 힘껏 노櫓를 저었기 때문에 그런 거요."

나는 부끄러운 빛을 감출 수 없었고, 인因하여 탄식歎息해 마지 않았다.

"아아, 하찮은 작은 배 한 척이 물을 건너는 데에도 뇌물賂物이 있고 없음에 따라 그 나아감에 질서疾徐와 선후先後가 있는데, 하물며 환해宦海의 넓은 바다를 다투며 건너는 데 있어서이랴. 돌아보매 내 손에 돈 한 푼 없으니, 지금까지 얕은 벼슬 하나 못한 것이 어찌 당연하지 않은가?"

다른 날에 보고자 써 둔다. — 《동문선東文選》

✐ 이규보李奎報의 수필隨筆을 말할 때 이 글은 빠지지 않는다. 왜 그럴까? 타락한 세태世態를 보는 듯해서 그럴까? 그것은 알 수 없다. 어떻든 나는 이 글을 읽고 다음과 같이 쓴 일이 있다.

이 글에는 뜨자마자 나는 듯이 달리는 배와 머뭇거리며 나아가지
않는 두 배가 등장한다. 나는 듯이 달리는 배는 노꾼이 술을 얻어
먹은 배요, 머뭇거리며 나아가지 않는 배는 노꾼이 술을 못 얻어먹
은 배다. 노꾼이라면 술의 유무有無에 관계없이 힘써 노를 저어야
할 일이지만 당시의 현실現實은 그렇지 않았던 모양이다.

우리에게도 한때 급행료急行料라는 것이 있었다. 적당히 돈을 주
면 서류書類가 빨리 돌아 일이 수월해진다. 그래서 붙인 이름이다.
그러지 않으면 늑장을 부린다. 지금은 어떨까? 술 안 먹여도 힘써
젓는 노꾼은 얼마든지 있을 것이다. 그러나 술 안 먹이면 머뭇거
리며 나아가지 않는 노꾼도 적잖이 있을 것이다.

급행료든 또는 다른 무엇이든 뇌물賂物을 주고받는 것은 나라가
금해야 할 일이다. 그런데 낮은 사람들이 명절名節에 주고받는 인
정人情 몇 푼은 세상이 떠들썩하게 다스리면서 높은 사람들이 주
고받는 엄청난 뇌물은 떡값이다, 무슨 자금資金이다 하고 가벼이
처리한다면, 뇌물을 주고받는 일은 근절根絶되지 않을 것이다.

— 저자 ≪고전산문을 읽는 즐거움≫

　요즈음엔 높은 사람이 뇌물을 먹고 어쩌다 들통이 나면, 그 말
이 대체로 다음과 같이 변한다.

　"돈 주었다는 그 사람 일면식一面識도 없습니다."

　"만나긴 했지만 한 푼도 받은 일 없어요."

　"아, 그건 전혀 대가성代價性이 없는 돈입니다."

　어제 한 말과 오늘 한 말이 달라도 낯빛 하나 변하지 않는다.
후안무치厚顔無恥가 따로 없다.

물론 이 글은 술 먹는 그 하찮은 노꾼들 꾸짖자는 것이 아니다. 뇌물에 따라 벼슬길이 열리고 닫히는 당시의 세태世態를 개탄한 것이다. 손에 돈 한 푼 없어 얇은 벼슬 하나 하지 못하는 지은이가 이 글을 쓸 때 그 심정心情이 어떠했을까? 퍽도 암울暗鬱했을 것이다.

다음은 지은이의 〈하일夏日, 여름날〉, 참 편안하다.

> 상큼한 베적삼, 대자리 서늘한데,
> 꾀꼬리 울음 울어
> 단잠을 깨네.
> 잎새에 가린 꽃들 아직 붉구나.
> 비 오는 구름 틈에
> 햇빛은 밝고.
> 輕衫小簟臥風欞, 夢斷啼鶯三兩聲.
> 密葉翳花春後在, 薄雲漏日雨中明.

－ ≪東文選≫

왜 간신諫臣이 떠나는가 /崔滋;諫臣去國

의왕毅王은 성색聲色을 가까이 하고 유예遊豫를 좋아했다. 충숙공忠肅公 문극겸文克謙이 그때 정언正言으로서 이를 상소上疏하여 간절히 간諫했으나 듣지 않았다. 그러다 경인년庚寅年, 1170 가을에 이르러 무신武臣들이 난亂을 꾸미니 승여乘輿가 남南으로 옮겼다.

계사년癸巳年, 1173 겨울에 정산현定山縣 유구역維鳩驛의 공관公館을 신수新修하고, 화공畫工을 청하여 그 벽壁에 그림을 그리게 했다. 화공은 당시의 묘수妙手로 성姓은 박朴이나 이름은 모른다.

그림은 공관의 침방寢房 서쪽 벽 위에, 한 흰 옷 입은 선비가 삿갓 쓰고 말에 앉아, 고삐도 잡지 않은 채 산길을 따라 천천히 내려가는 것을 그린 것인데, 그 물색物色이 퍽 처연凄然했다. 그 뒤를 동복童僕 두어 아이가 서로 붙잡고 넘어지며 가고 있었다. 아무도 그 그림이 무엇을 그린 것인지 알지 못했다.

그 후 송광사松廣社 무의자無衣子가 임오년壬午年, 1222 가을에 초청招請을 받아 도려道侶 천여 명을 이끌고 서원西原으로 가다가 이 역驛에 머물렀다. 그는 이 그림을 보고 오래 탄식하다가

"이는 간신諫臣이 나라를 떠나는 그림이다."

하고, 이에 시詩를 지으니 시는 다음과 같다.

벽壁 위에 이 그림을 누가 그렸나.
간신諫臣이 어찌하여
그리 떠났나.
산승山僧도 한번 보고 이리 슬픈데,
하물며 당년當年의
그분임에랴.
壁上何人畵此圖, 諫臣去國事幾乎.
山僧一見尙惆愴, 何況當埜士大夫.

아, 화공畫工은 앞날을 내다보는 예감豫感으로 이 그림을 그렸고, 선사禪師는 옛 그림의 뜻을 알아 이 시를 남겼으니, 더불어 옛날의 풍아군자風雅君子와 다를 것이 없구나. — ≪보한집補閑集≫

✎ 이 글은 한 편의 시화詩話다. 즉, 간신거국도시諫臣去國圖詩의 유래由來를 설명한 것이다. 그러나 나는 그런 것과 관계없이, 이 글을 처음 읽었을 때 두 사람의 모습이 너무도 선명하게 다가옴을 느꼈다. 하나는 미래를 내다보고 그림을 그리는 화공畫工, 하나는 그 그림을 해석하고 시를 읊는 선사禪師, 아닌게 아니라 그들은 풍아군자風雅君子다.

미래未來를 예감하는 감성感性도 없고 과거過去를 해석하는 지성知性도 없이, 그냥 그럭저럭 살아가는 그대와 나는 이럴 때 무슨 말을 하겠는가?

— 2004

예산은자猊山隱者 이야기 /崔瀣;猊山隱者傳

은자隱者의 이름은 하계夏屆인데 혹은 하체下逮라고도 부른다. 창괴蒼槐는 그 성씨姓氏이니 대대로 용백국龍伯國 사람이다. 본래는 복성複姓이 아니었으나 은자에 이르러, 우리 음音이 느린 까닭으로 그 이름과 함께 바꾼 것이다.

은자는 어려서 이미 천리天理를 아는 듯했으나, 취학就學을 해서는 한구석에 집착執着하지 않고 겨우 그 뜻이나 알았으니, 하나도 졸업卒業한 것이 없다. 이는 널리 볼 뿐 깊이 탐구探究하지 않은 까닭이다.

차차 커 가면서는 개연慨然히 공명功名에 뜻을 세웠으나 세상이 허락하지 않았다. 이는 그 성미性味가 윗사람에게 문후問候할 줄을 모르고, 술을 즐기되 두어 잔이면 남의 선악善惡을 말하기 좋아하며, 무릇 귀에 들어온 것을 입이 지키지 못함으로써, 사람들이 애중愛重하는 바가 되지 못한 까닭이다. 번번이 벼슬에 오르려다가 내침을 받으니, 친한 벗들이 애석哀惜하게 여겨 이를 고쳐 보려고 혹은 권勸하고 혹은 책責하였으나 받아들이지 못했다.

중년中年에 이르러서는 자못 후회해 마지않았다. 그러나 사람들은 이미 그가 우리牢와 새장籠에 갇힐 수 없다는 것을 알았기 때문에 그는 결국 등용登用될 수 없었다. 그도 또한 이 세상에 더는 뜻을 두지 않았다. 일찍이 스스로 말하기를

"그 동안 나와 왕래往來한 사람은 모두 착했다. 그런데도 나를 받아들이지 않는 사람이 많았다. 많은 사람의 믿음을 얻는다는 것이 참으로 어렵구나."

했다. 이것은 그의 단점短點이다. 아, 그러나 장점長點이 되는 까닭이기도 한 것이다.

늘그막에는 갑사岬寺의 한 스님을 따라가 논밭을 빌려 농사를 지었는데, 농원農園을 열어 취족取足이라 이름하고 자호自號를 예산

농은犯山農隱이라 했다. 다음은 그의 좌우명座右銘이다.

너의 논 너의 밭은 삼보三寶의 은혜恩惠라,
족足함을 취取하고 어찌 이를 잊으랴.

은자는 평소平素에 부도浮屠를 좋아하지 않았으나, 갑자기 그의
땅을 빌려 농사짓는 자가 되었으매, 일찍이 품었던 뜻의 어그러
짐을 자책自責하여 이에 스스로 희롱戱弄하는 것이다.

― 《동문선東文選》

✎ 지은이는 자신의 결함缺陷을 잘 안다. 결국 절의 전호佃戶가
되어 농사를 짓고 산다. 그도 유자儒者가 절에 붙어사는 것이 우
스워서 이 글을 쓴 모양이다.

나는 이 글처럼 자신을 발가벗겨 놓은 글을 일찍이 보지 못했
다. 그가 한빈寒貧 속에서도 당대當代에 문명文名을 떨친 것이 이런
자성自省 때문인가?

― 2004

산가山家에 살며 /吉再;後山家序

하늘이 백성百姓을 내실 때 후厚하게 아니하신 것이 없는데,

혹或은 군자君子의 길을 걸어 귀貴하게 되고 혹은 소인小人의 길을 걸어 천賤하게 되는 것은 무슨 까닭인가? 귀하매 귀하고 천하매 천한 것은 이치理致가 그러한 것이요, 혹 귀하다가 천해지고 천하다가 귀해지는 것은 운명運命이 그러한 것이다.

예로부터 공경公卿의 자식子息은 부귀富貴 속에 생장生長하니, 거마車馬가 있어 족足히 달리고 걷는 어려움을 대신代身하고, 사령使令이 있어 족히 팔다리의 노고勞苦를 쉬게 한다. 먹음에는 좋이 차린 음식飮食이 있고 입음에는 철에 맞는 의복衣服이 있다. 그들이 세상에 태어나매 벌써 임금이 그들을 알고 자라서는 또한 그들에게 임금이 벼슬을 주니, 후厚한 녹질祿秩이 때 없이 이르고 귀貴한 관작官爵이 절로 더해진다. 임금의 알아줌이 이처럼 용이容易하고 관작의 더해짐이 이처럼 충족充足한 것은, 다름이 아니라 그들의 조상祖上이 쌓아 온 훈공勳功과 즐거이 베풀어 온 은혜恩惠가 있기 때문이다.

그러나 서인庶人의 자식은 거친 들에 생장하니, 몸이 비에 젖고 발은 진흙에 빠진다. 입는 것은 몸을 가리기에 모자라고 먹는 것은 몸을 기르기에 부족하다. 추위에 떨고 주려서도 죽는다. 넋은 고달프고 시름은 쌓인다. 마음을 가다듬고 성정性情을 참는다. 그리하여 그 공업功業이 드러난 뒤에라야 유사有司가 알고, 유사가 안 뒤에라야 조정朝廷에 들리고, 조정이 들은 뒤에라야 임금이 쓴다. 임금의 알아줌이 이처럼 어렵고 벼슬에 오름이 이처럼 더딘 것은, 다름이 아니라 그 공업이 자신에게서 비롯되며 조상들이 쌓아 온 훈공과 베풀어 온 은혜가 없기 때문이다.

더욱이 어리석은 나는 농촌農村에 생장하였으니, 더없이 비천 卑賤하고 더없이 한미寒微하여, 나이 겨우 팔구 세八九歲에 나무하고 양을 쳤다. 좀 자라서는 낮에 밭 갈고 밤에 글 읽어 반딧불을 벗한 지 십 년十年에, 옷 춥게 입고 밥 거칠게 먹었으나 자약自若하였다. 밭고랑에 호미질할 때 몸이 비에 젖고 발이 진흙에 빠져도 자약하였다. 다만 힘을 다하여 밭 갈고 마음을 치달려 배움을 좇아, 아래로는 어버이를 모시고 위로는 임금을 섬기되, 어버이를 모심에는 그 어버이를 기쁘게 하고 임금을 섬김에는 그 임금을 요순堯舜 되게 하며, 백성을 당우唐虞에 들이고 세상을 삼대三代에 올려놓는 것이 내 평일平日에 뜻한 바였다.

이제 불행히 하늘이 내리시는 슬픔을 만나 십 년 쌓은 공功이 비로 쓴 듯 사라지니, 슬프다, 참으로 하늘이 하시는 일을 내가 무어라 말하랴? 이에 방황彷徨하며 감개感慨하다가 번연翻然히 뜻을 고치니, 이는 숨어서 나타나지 않으며 밝은 달빛 아래 관冠 벗어 걸고 맑은 바람 앞에 시詩 읊조림만 같지 못해서이다. 우러러 하늘과 굽어 땅 사이에 한 세상을 소요逍遙하면, 시대時代의 책무責務를 지지 않고 길이 성명性命의 근본根本을 지킬 수 있을 것이다. 그렇다면 창공蒼空을 지나 우주宇宙 밖으로도 나가리니 어찌 천사만종千駟萬鍾의 부귀富貴를 부러워하랴? - 《야은집冶隱集》

✎ 지은이는 나무하고 양치는 소년이었다. 주경야독晝耕夜讀하

는 청년이었다. 옷 춥게 입고 밥 거칠게 먹어도, 몸이 비에 젖고 발이 진흙에 빠져도 자약했다. 그리고 벼슬길에 나갔다. 무척 힘든 과정過程이었을 것이다.

그에게는 큰 뜻이 있었다. 자기가 섬기는 나라 고려高麗에 당우 삼대唐虞三代의 그 아름다운 세상世上을 실현實現하겠다는 것이다. 그러나 나라가 망하매 다 수포水泡로 돌아갔다. 나는

> 이제 불행히 하늘이 내리시는 슬픔을 만나 십 년 쌓은 공功이 비로 쓴 듯 사라지니, 슬프다, 참으로 하늘이 하시는 일을 내가 무어라 말하랴?

라고 한 그의 목소리가 늘 슬프다. 만에 하나 그가 새 왕조(朝鮮)에 나아갈 뜻이 있었다면 이런 토로(吐露)는 하지 않았을 것이다. 다음은 새 왕조가 그를 불렀을 때 그가 올린 두 번째 글의 한 부분이다.

> 삼가 두 왕조王朝를 섬기지 않으려는 것은 감敢히 절의節義의 이름이나 취取하자는 것이 아니옵고, 산림山林에 자적自適하며 적이 소요逍遙하려는 뜻을 이루고자 함이옵니다.
> — 《야은집》, 〈우사전又辭箋〉

밝은 달빛 아래 관冠 벗어 걸고 맑은 바람 앞에 시詩 읊조리는 그의 모습, 산림에 자적하며 적이 소요하겠다는 그의 말이 나는

공연히 안타깝다. 그는 자신의 숨어 사는 즐거움을 철 따라 말한 일이 있는데, 그 가운데 가을과 겨울을 보이면 다음과 같다.

가을장마 개고 더위도 사그라지면, 온갖 곡식이 다 익고 물고기도 살이 찌니, 고깃배에 비스듬히 앉아 낚시를 드리우고 물 흐름 따라 오르락내리락한다. 버스럭거리는 갈꽃, 한들거리는 풀섶에 이는 바람, 명멸明滅하는 안개비, 호탕浩蕩한 만리萬里의 물결, 누가 이 맛을 알겠는가?
다시 눈보라 창을 치고 겨울 기운 매서울 제면, 혹 화로를 끼고 술항아리를 기울이거나, 혹 책을 펼치고 마음을 다스리거나 하니, 높고 가없는 천지에 조용히 스스로 즐기는 것이 곧 숨어 사는 이의 즐거움이 아니겠는가?

— ≪야은집≫, <산가서山家序>

이 글에 드러난 그의 삶은 완전한 자유自由와 한가閑暇 그것이다. 그러나 나는 그의 이 자유와 한가가 또 안타깝다. 그는 실현해야 할 이상理想, 唐虞三代이 있었다. 시대時代가 부여賦與하는 책무責務도 있었다. 그러나 그는 그것들을 포기하지 않을 수 없었던 망국亡國의 신하臣下였다. 그렇다면 그의 이 자유와 한가는 오히려 슬픔일 수도 있지 않겠는가?

길재吉再라는 이름을 내가 언제 알게 되었는지는 확실하지 않다. 아마 고등학교에 다닐 때 그의 시조時調를 배우면서가 아닌가 싶다. 그 시조 한번 읽고 이 독후감을 마칠까 한다. 말머리를 돌리는 한 고려 유신高麗遺臣의 한숨 소리가 들려오는 듯하다.

오백년五百年 도읍지都邑地를 필마匹馬로 돌아드니,
산천山川은 의구依舊하되 인걸人傑은 간데없네.
어즈버, 태평연월太平烟月이 꿈이런가 하노라.
　　　　　　　　　　　　　　　　－ 《청구영언靑丘永言》
　　　　　　　　　　　　　　　　　　　　－ 2004

도둑의 아들 - 朝鮮時代

집안이 어려워도 /鄭道傳;家難

내가 죄罪를 얻어 남황南荒에 유배流配되니, 훼방毀謗이 벌 떼 같고 구설口舌이 어이없다. 앞으로 닥칠 화禍를 예측할 수 없으니, 이에 당황한 아내가 멀리 사람을 보내 내게 말하였다.

"경卿은 날마다 독서讀書에 자자孜孜하여 조석朝夕을 어찌 끓이는지 모르셨습니다. 집안이 가난하여 쌀독이 비매 어린 것들은 추위 울부짖고 배고파 울었습니다. 그러나 나는 부엌일을 맡아 그때그때 끼니를 이으면서, 경이 독학篤學 입신양명立身揚名하여 처자妻子의 앙뢰仰賴를 받고 가문家門의 영광榮光을 지으시리라 하였습니다.

그러나 마침내 국법國法에 저촉抵觸되어 이름은 욕辱되고 공적功績은 깎이어서, 멀리 무더운 곳에 유배되어 장기瘴氣의 무서운 독毒을 마시니, 형제兄弟는 쓰러지고 집안은 망하여 세인世人의 비웃음이 극極에 이르렀습니다. 현인군자賢人君子도 이럴 수가 있습니까?"

내가 답장에 말하였다.

"그대의 말이 참으로 그러합니다. 나는 벗이 있어 그 정情이 형제兄弟보다 더 하였습니다. 그러나 나의 이 무너짐을 보고는 다 뜬구름처럼 흩어졌습니다. 그들이 나를 걱정하지 않는 것은 그 사귐이 세도勢道로써 하고 인정人情으로써 하지 않은 까닭입니다. 그러나 부부夫婦는 그렇지 않아 한 번 맺으면 종신終身토록 변함이 없으니, 그대가 나를 책망責望하는 것은 사랑하기 때문이요 미워하기 때문이 아닐 것입니다. 또 아내가 남편을 섬기는 것은 신하臣下가 임금을 섬기는 것과 같으니, 이 이치理致는 결코 허망虛妄한 것이 아니요 함께 하늘에서 얻은 것입니다. 그대가 집안을 걱정하는 것과 내가 나라를 근심하는 것에 어찌 다름이 있겠습니까? 각각 그 맡은 바에 힘을 다할 뿐입니다. 무릇 성패成敗와 이둔利鈍과 영욕榮辱과 득실得失은 하늘에 달린 것이요 사람에게 달린 것이 아니니 무엇을 걱정할 것입니까?" - 《동문선東文選》

✎ 우리 옛 조정朝廷에는 웬 귀양살이를 한 문무신文武臣이 그리도 많을까? 안타까운 일이다. 나는 일찍이 지은이의 이 글을 읽고 다음과 같이 쓴 일이 있다.

이 글의 아내는 얼마나 기가 막혔을까? 기대했던 남편이 유배流配

길에 오를 때 정말이지 죽고 싶었을 것이다. 이 글의 남편은 또 얼마나 기가 막혔을까? 믿었던 벗들이 흩어져 갈 때 정말이지 이럴 수도 있나 싶었을 것이다. 이것이 인생人生인가? 이 글은 많은 화제話題를 불러일으키지만 이 두 가지가 우선 마음 아프다. 그러나 성패成敗와 이둔利鈍과 영욕榮辱과 득실得失을 모두 하늘에 맡기고 자신이 맡은 바에 최선을 다해야 한다는 그 정신精神은 우러를 만하다.

- 저자 ≪고전산문을 읽는 즐거움≫

정말 이것이 인생인가? 자, 이제 이 안타까움에서 벗어나 지은 이의 시 한 수 읽고 잠시 쉬자. 제목은 〈방김거사야거訪金居士野居, 김 거사의 별장을 방문하고〉.

흰 구름 아스라한 가을 빈 산에
소리 없이 쌓이는
붉은 낙엽들.
시냇가에 말 세우고 길을 묻자니
어느덧 그림 속에
내가 있었네.
秋雲漠漠四山空, 落葉無聲滿地紅
立馬溪橋問歸路, 不知身在畫圖中.

- ≪大東詩選≫

도둑의 아들 /姜希孟;盜子說

백성 중에 도둑질을 업業으로 하는 자가 있어 그 아들에게 술법術法을 다 가르쳤더니, 아들이 또한 제 재주를 자부自負하여 아비보다 멀리 낫다 하고, 매번 도둑질을 나감에 먼저 들어가 뒤에 나오고, 가벼운 것을 버리고 무거운 것을 취하며, 귀는 능히 먼 소리를 듣고 눈은 능히 어둠 속을 살피니, 뭇 도둑들의 기리는 바 되었다. 이에 아비에게 자랑하여 말하기를

"저는 아버지의 술법에 모자람이 없고 혈기血氣는 오히려 더 왕성하니, 이로써 나간다면 어찌 이루지 못할까를 걱정하겠습니까?"

하니, 아비 도둑이 말했다.

"아직은 아니다. 지혜智慧란, 남에게 배워서 이룬 것은 궁핍窮乏하고, 스스로 겪어 얻은 것이 유여裕餘한 것이다. 너는 아직 아니다."

이에 아들 도둑이 말했다.

"도둑의 도道는 재물財物을 얻는 것으로써 공功을 삼는데 저는 늘 아버지의 두 배였습니다. 그리고 지금은 제가 아직 젊으나 아버지 나이에 이르면 남다른 수단手段을 가지게 될 것입니다."

다시 아비 도둑이 말하기를

"아직은 아니다. 네 내 술법을 행하면 겹겹 싸인 성城에도 들어갈 수 있고, 비밀스러운 창고倉庫도 탐색할 수 있을 것이다. 그러나 조그만 차질蹉跌이라도 생기면 곧 화패禍敗가 뒤따른다는 것을 알아야 한다. 만일 형적形迹 없이 찾아내고 응변應變하여 잡

히지 않는다면, 이는 스스로 겪어 얻은 바가 없는 자로서는 할
수 없는 것이다. 너는 아직 아니다."
하니, 아들 도둑은 그저 별 생각 없이 들었다.

이튿날 밤 아비 도둑은 아들 도둑을 데리고 한 부잣집에 이르
러 아들 도둑으로 하여금 보물 창고에 들어가게 하고, 아들 도둑
이 창고 안에서 보물을 훔칠 때 밖에서 창고 문에 자물쇠를 채우
고는 이를 흔들어 주인主人이 그 소리를 듣게 했다. 주인은 도둑
인가 하여 쫓으려고 나와 둘러보고는 자물쇠가 그대로 채워져
있으므로 그냥 들어갔다. 아들 도둑은 창고에 갇혀 빠져나올 계
책이 없었다. 해서 손톱으로 여기저기 긁어 늙은 쥐가 갉는 소리
를 내니 들어가던 주인이 도로 와

"창고에 쥐가 들어 물건을 손상損傷케 하니 아니 쫓을 수 없다."
하고는 등불을 밝혀 자물쇠를 풀고 창고 안을 들여다보려 할 틈
에 아들 도둑이 튀어 달아나니 주인 집 사람들이 모두 쫓았다.
아들 도둑은 급한 중에도 벗어날 수 없음을 알고 연못을 싸고 달
리다가 큰 돌 하나를 물에 던졌다. 쫓던 사람들이 도둑이 물속에
뛰어들었다 하며 난간을 막고 찾아 잡으려 했다. 아들 도둑은 그
로 말미암아 탈출했다.

돌아온 아들 도둑이 아비 도둑을 원망하여 말했다.

"금수禽獸도 제 새끼는 보호할 줄 아는데, 제가 무엇을 어기었기
에 이리 하십니까?"

아비 도둑이 말했다.

"이제 너는 마땅히 천하天下를 독보獨步할 것이다. 무릇 사람의 재주란, 남에게 배운 것은 그 쓰임에 한계가 있고 마음으로 터득한 것은 그 응용應用이 끝없는 것이다. 하물며 곤궁困窮과 비울痞鬱이 사람의 뜻을 굳게 하고 그 사람됨을 성숙케 함에랴. 내가 너를 위험하게 한 것은 너를 안전케 하려 한 까닭이요, 너를 빠뜨린 것은 너를 건지려 한 까닭이다. 창고에 들어가 다급하게 쫓기는 환患을 만나지 않았다면, 네 어찌 쥐 갉는 소리를 내고 물에 돌 던지는 꾀를 냈겠느냐? 너는 곤경困境으로 인하여 지혜智慧를 이루고 급변急變에 임하여 기계奇計를 낸 것이다. 심원心源이 한 번 열리면 다시 혼미昏迷해지지 않느니, 너는 마땅히 천하를 독보할 것이다."

그런 이후 아들 도둑은 과연 천하에 당할 자 없는 도둑이 되었다.

대저 도둑질이란 천賤하고 악惡한 짓이지만, 그것도 오히려 스스로 겪어 얻은 연후에야 능히 천하에 적수敵手가 없는 것이다. 하물며 사군자士君子가 도덕道德을 닦고 공명功名을 이룸에 있어서이랴. 세록世祿의 후예後裔들은 인의仁義의 아름다움과 학문學問의 유익함을 모르고, 스스로 이미 현영顯榮을 누리니 앞 사람들이 쌓은 공훈功勳을 가로막고 그들이 이룩한 업적業績 앞에 방자히 군다. 이는 곧 아들 도둑이 아비 도둑 앞에 저를 자랑하던 때와 같은 것이다. 만일 능히 높은 데를 사양하고 낮은 데 자리하며, 호방豪放한 것을 버리고 담박淡泊한 것을 사랑하며, 아집我執을 꺾고 학문에 뜻을 두며, 마음을 고요히 하여 성리性理를 살핌에 전일專一하며, 낡은 세습世襲과 세속世俗에 흔들림이 없다면, 다른 사람들과 이름을 나란히 하고 공명도 취할 수 있으며, 임금이 써 주면 나아가고 버리면 숨어서 이치理致에 맞지 아니함이 없다. 이는 곧 아들 도둑이 곤경으로 인하여 지혜를 이루고 마침내 천하를 독보하는 것과 같은 것이다.

너 또한 이에 가깝다. 창고에 들어가 다급하게 쫓기는 환을 꺼리지 말라. 마음속에 스스로 겪어 얻은 바가 있어야 된다는 것을 생각하라. 소홀히 하지 말라. — ≪동문선東文選≫

✎ 이 글의 아비 도둑은 세상살이의 이치理致를 환히 꿰뚫은 사람이다. 그렇다면 그가 꿰뚫은 그 이치란 무엇인가? 자, 그의 말을 다시 들어 보자.

✎ 지혜智慧란, 남에게 배워서 이룬 것은 궁핍窮乏하고 스스로 겪어 얻은 것은 유여裕餘한 것이다.
✎ 남에게 배운 것은 그 쓰임에 한계가 있고 마음으로 터득한 것은 그 응용應用이 끝없는 것이다.

비록 도둑질이지만 그런 것 하나도 남에게 배운 것보다는 스스로 겪어 얻은自得 것이 더 유용有用하다는 것이다. 작전이론作戰理論만 잔뜩 공부하고 온 신임장교新任將校보다 실전경험實戰經驗이 풍부

한 하사관下士官이 훨씬 더 현명하게 전쟁상황戰爭狀況을 이끌어간다는 논리다.

그런데 여기 하나 유의할 것은 그 겪는 시간이나 장소가 대단히 위험, 급박한 상황이라는 사실이다. 그것은 아들 도둑이 창고에 갇혔다가 튀어나와 도망치는 그런 상황이다. 그래서 사군자士君子로서 도덕道德과 공명功名을 이루고자 하는 젊은이들(본문에 밝혀져 있지는 않지만 젊은이들일 것이다)에게 지은이는 말한다.

"창고에 들어가 다급하게 쫓기는 환을 꺼리지 말라. 마음속에 스스로 겪어 얻은 바가 있어야 된다는 것을 생각하라. 소홀히 하지 말라."

나도 내 아이들과 내 학생들, 그리고 내 젊은 후배들에게 지은이의 이 말을 전하고 이만 줄일까 한다.

다음은 지은이의 〈생양관산다성개음성일절生陽館山茶盛開吟成一絶〉, 생양관에 동백꽃이 성盛하게 피어서 절구絶句 한 수 지었다는 것인데, 나는 이 시를 읽으면 더없이 아리땁고 솜씨 좋으면서도 가난해서 시집 못 가는 한 처녀가 생각난다.

　　동백꽃 환히 피어 불은 타는데,
　　머언 먼 외진 데라 보는 이 없고.
　　해마다 작은 뜰 안에 저 혼자 피고 지네.
　　山茶花發簇嫣紅, 歲久根盤作大叢.
　　自是地偏車馬少, 年年開謝小園中.　　　　　　－ 《東文選》

명수_{命數}에 관하여 /柳夢寅;命數有感

과연 하늘을 아는 이냐

홍서봉_{洪瑞鳳}의 집이 영경전_{永敬殿} 앞에 있어 손을 맞으려고 장차 소를 잡으려 할 새, 큰 소를 사 오니 포정_{庖丁, 白丁}이 이르지 못한지라 바야흐로 기다리더니, 때에 노자_{奴子} 수손_{水孫}이 과천_{果川}으로부터 큰 소에게 나무 싣고 와 기둥에 매었더니 쇠등에 가로질린 나무가 꿰이어 부러져 기동_{起動}을 못하는지라.

"사 온 소와 대소_{大小} 같으니 이_(此, 과천서 온 소)로써 저_(彼, 사 온 소)를 바꾸라."

하여, 나무 실은 소는 마침내 잔치 음식에 들고 잡으려 하던 소는 좋이 과천으로 가니라.

우리 집에 두 수닭이 있어 그 검은 놈이 암닭을 거느려 독장_{獨場}을 치고 매양 붉은 놈을 쫓으니 붉은 놈이 능히 용납지 못하여 이웃집에 가 의탁하거늘, 노비_{奴婢}로 하여금 붉은 놈을 쏘아 오라 한즉 그놈이 그릇 듣고 검은 놈을 쏘아 오니, 집에 있는 자 음식에 들고 이웃에 도망한 자 도리어 천단_{擅斷}히 뭇 닭을 거느리니.

미물_{微物}의 사생_{死生}도 또한 그 수_數이 있어 해_害코자 하는 자를 시러곰 임의_{任意}로 못 하거든 하물며 사람이따녀. 사람이 사생으로써 근심하여 백계_{百計}로 영위_{營爲}하는 자, 과연 하늘을 아는 이냐?

천명天命이 있는 바

관동館洞 한 계집이 나이 사십칠四十七이나 무자無子하더니, 복자卜者더러 물은대 다 가로되 평생에 무자하리라 하니, 계집이 자못 믿었더니 금년 사월부터 배가 크게 창漲하여 배 가운데 움직이는 것이 있는 듯한지라, 의원醫員더러 물은대 다 가로되 버러지 독毒이라 하여 여의女醫로 하여금 약藥하라 한대 여의 그 자식子息 밴가 무서워 약을 아니 하더니, 한 의원이 침針을 잘 주는지라 자尺만 한 큰 침을 가지고 그 움직이는 데를 따라 침주어 얻지 못하고 이르되

"사귀蛇龜 뱃속에 있다가 침 끝을 피한다."

하여, 드디어 난자亂刺하여 침을 다 들여보내니 침이 다 굽어지는지라, 그 계집이 아픔을 이기지 못하여 일야日夜에 부르짖어

"배를 가르고 버러지를 내면 죽어도 한이 없어라."

하더니, 이윽고 피 흘러 옷에 가득하며 남자男子이 땅에 떨어져 고고呱呱히 우나 온 몸이 상한 데 없으니, 희噫라, 복술卜術과 의원醫員을 가히 믿지 못할 것이 이렇듯 하도다.

천명天命 있는 바에 사람이 죽이고자 하나 얻지 못 하니 어찌 기이奇異치 아니리오. ─ ≪어우야담於于野談≫

✎ 우선 첫째 글의 앞 이야기 좀 보자. 포정이 일찍 왔더라면 잡으려 사 온 그 소는 죽었을 것이다. 늦게 왔더라도 과천서 나무 싣고 온 소가 다치지 않았더라면 역시 죽었을 것이다. 과천

소도 그렇다. 하필 그때 와서 다쳤을까? 그러지 않았으면 살아 돌아갔을 것을.

다음은 첫째 글의 뒤 이야기. 주인(글 속에서 말하는 사람, 화자)이 사내종을 보고 붉은 수탉을 쏘아 오라 한 것은 그놈이 못나서 그랬을 것이다. 그런데 왜 그 사내종은 주인의 말을 잘못 들었을까? 검은 수탉으로 보면 참 기막힌 일이다. 이건 주인의 뜻이 아니다.

둘째 글도 그렇다. 뱃속에 움직이는 것이 사귀蛇龜인 줄 잘못 알고 자尺만한 침을 다 들여보내 찔렀지만 아기는 죽지 않고 살았다. 아니, 살았을 뿐만 아니라 온 몸에 상처 한 군데 없었다. 그렇게 죽이려고 찔렀는데 어떻게 상처 하나 없이 세상에 태어났을까?

지은이에 따르면 사람이든 짐승이든 명수命數, 運數, 運命가 있어서 그렇다는 것이다. 뒤집어 말하면 사람이 마음대로 할 수 없다는 것이다. 잡으려던 소가 살아 간 것, 쏘아 오라 한 수탉이 바뀐 것, 없애려던 사귀(아기)가 상처 없이 태어난 것이 다 그렇지 않으냐는 것이다.

그러나 그렇게 믿었던 그도 인조반정仁祖反正을 겪은 얼마 뒤 그 아들과 함께 사형死刑, 인조 1년을 받았다. 아, 그렇다면 그 또한 명수인가? 그는 정조正祖때 신원伸寃, 이조판서吏曹判書에 추증追贈되었다. 그러나 그의 글들을 읽노라면 공연히 마음이 어둡다.

– 2004

백영숙_{白永叔}을 보내며 /朴趾源;贈白永叔入麒麟峽序

영숙_{永叔}은 무관_{武官}의 자손_{子孫}이다. 그 선대_{先代}에 충성_{忠誠}으로써 나라를 위하여 죽은 분이 있어, 오늘에 이르기까지 사대부_{士大夫}들이 이를 슬퍼한다. 그는 글씨에 능하고 옛일에 밝았다. 젊어서는 말타기와 활쏘기에 뛰어나 무과_{武科}에도 올랐었다. 비록 벼슬길은 세월_{歲月}이 막았으나 임금께 충성하고 나라 위하여 죽으리라는 뜻은 족히 그 선대의 충렬_{忠烈}을 이을 만했으니, 사대부들에게 부끄러울 것이 없었다. 아, 그런 영숙이 어찌하여 그 가족_{家族}을 다 끌고 예맥_{濊貊}의 고을을 가는가?

일찍이 그가 나를 위하여 금천_{金川} 땅 연암_{燕巖} 골짜기에 살 데를 잡아 준 일이 있다. 산 깊고 길은 막혀 종일을 가도 사람 하나 볼 수 없었다. 우리는 갈숲에 나란히 말 세우고 채찍으로 저 높은 언덕에 금을 그으며 서로 말하기를

"저기다 울타리 치고 뽕 심으면 되겠네그려. 갈숲에 불 놓아 밭 일구면 해마다 좁쌀 천 석은 거두겠어."

하고, 시험삼아 부시를 쳐 바람에 불을 붙이니, 꿩은 꺽꺽거리며 놀라 날고 어린 노루는 우리 앞을 후닥닥 튀어 달아났다. 우리는 팔뚝을 휘두르며 쫓아가다가 냇물에 막혀 되돌아왔다. 그리고 서로 보고 웃으며 말했다.

"인생_{人生}이라는 것 백 년_{百年}도 못 되는데, 어찌 답답하게 목석_{木石}으로 주저앉아 좁쌀 지어먹고 꿩, 토끼 잡아먹으면서 살겠

는가?"

그러던 영숙이 이제 기린麒麟 골짜기로 살러 간다. 송아지 한 마리 지고 들어가 그게 크면 밭 갈겠다고 한다. 소금도 된장도 없으리니 아가위와 돌배로 장 담가 먹겠다고 한다. 그 험하고 막히고 외지기는 연암 골짜기에서 훨씬 더하니, 어찌 비교하여 같다 하겠는가?

돌아보매 나는 아직 기로岐路 앞에 망설이며 거취去就를 결정치 못하고 있으니, 이런 내가 감히 영숙이 가는 것을 말리겠는가? 나는 그의 뜻을 장壯하게 여기고 그가 살 곤궁困窮한 삶을 슬퍼하지 않을 것이다. − 《연암집燕巖集》

✎ 우리 역사를 펼치면, 서얼庶孼이라 하여 벼슬길이 막힌 사람을 많이 만날 수 있다. 나는 이 글의 주인공인 영숙永叔을 생각하며 다음과 같이 쓴 일이 있다.

지금 험하고 막히고 외진 산골짜기로 살러 가는 우리의 주인공은
글씨에도 능하고 옛일에도 밝다. 무과武科에도 올랐었다. 임금과
나라를 위하는 충성심忠誠心도 뜨겁다. 세상에 나올 뜻도 있었다.
그런데 왜 그는 세상에 쓰이지 못하고 산골짜기를 찾아가는가?
세월이 길을 막았기 때문이다. 그는 서얼庶孼이었다.
그에게 제자리를 주었어야 했다. 그랬다면 그는 임금과 나라를
위하여 그의 최선最善을 다했을 것이다.
− 저자 《고전산문을 읽는 즐거움》

이제 이 독후감을 마치려 하니 조선 중종 때의 탁월한 학자 어숙권魚叔權의 한탄이 들려오는 듯하다. 그는 영의정을 지낸 어세겸魚世謙의 서손庶孫이다.

사대부士大夫의 자손子孫들도 그 외가外家가 부실하다 하여 대대로 벼슬길을 막으니, 비록 뛰어난 재능才能이 있어 큰 그릇이 될 만한 인재人材라 할지라도 머리를 늘어뜨리고 들창 아래서 하염없이 죽어 간다.(중략)
아, 가엾고 가여운 일이다.
— ≪패관잡기稗官雜記≫
— 2004

연암燕巖 선생을 찾아뵙고 /李書九;夏夜訪燕巖丈人記

유월 초승에, 동린東鄰에서 걸어 연암燕巖 선생을 뵈러 갔다. 때에 하늘에는 엷은 구름 가벼이 날고 숲에는 잎새들 사이로 초승달이 파랬다. 어디서 종소리가 들려왔다. 처음에는 요란도 하더니 나중에는 데면데면 물거품 흩어지듯 멀어졌다.

속으로 선생이 계신가 하고 골목으로 들어가 먼저 들창부터 살폈다. 불이 빤했다. 곧 문 안으로 들어섰다. 선생은 이미 사흘이나 아침을 안 자셨다는데, 마침 맨발과 맨머리로 지게문턱에 다리를 걸치고 앉아 행랑行廊 사람과 무슨 문답問答을 하고 계셨다.

선생은 내가 온 것을 보자 곧 의좌衣坐를 고치시고, 고금古今의 치란治亂과 당세當世 문장명론文章名論의 유파별流派別 동이同異에 이르기까지 참으로 명쾌明快하게 설명하셨다. 나는 그 말씀이 여간 기이奇異하지 않았다.

어느덧 밤이 삼경三更에 이르렀다. 문득 창 밖을 우러르니, 천광天光이 홀연忽然히 열려 한 군데로 모이는 순간, 은하수가 희게 펼쳐져 길게 멀어지면서 흔들렸다. 내가 놀라 여쭈었다.

"저게 어찌된 건가요?"

선생이 웃으며 말씀하셨다.

"자네, 그 옆 좀 보게."

장차 촛불이 사위려 하여 불꽃의 흔들림이 점점 더 커지고 있었다. 이에 아까 본 것이 이 흔들리는 불꽃과 서로 비추어 그리 된 것임을 알았다.

잠깐 사이에 촛불이 다했다. 드디어 선생과 나는 깜깜한 방 안에 마주앉아 웃고 이야기하고 했으나 오히려 아무렇지도 않았다. 내가 말했다.

"옛날 선생님께서 저와 한 마을에 사실 때, 일찍이 어느 눈 오는 밤에 제가 찾아뵌 일이 있습니다. 그때 선생님께선 저에게 술을 데워 주셨어요. 저는 손으로 떡을 잡고 질화로에 녹이다가 그만 불기운에 손이 뜨거워 두어 번씩이나 잿불 속에 떡을 떨어뜨렸고요. 선생님과 저는 서로 이걸 바라보며 껄껄 웃었지요. 그런데 이제 몇 년 사이에 선생님께선 머리가 하얗게 세시고 저 또한 수염발이 희끗거리게 되었습니다."

이로 하여 서로 슬퍼하기를 오래했다.

그날 밤 열사흘 뒤에 이 글을 쓴다. － ≪강산집薑山集≫

✎ 심오深奧할 것까지는 없지만 아름다운 글이다. 나는 일찍이
이 글을 읽고 다음과 같이 쓴 일이 있다.

이 글에는 찾아온 후배後輩에게 술을 데워 주는 선배先輩의 따뜻한
손길이 있다. 떡을 잿불에 떨어뜨리고 껄껄 웃는 후배의 천진한
모습도 있다. 그러나 그보다도 더 정을 느끼게 하는 것은 선배의
흰머리를 보고 한숨짓는 후배의 탄식歎息이다. 아름답지 않은가?
－ 저자 ≪고전산문을 읽는 즐거움≫

아름답다. 선배(스승)와 후배(제자)라는 인간관계人間關係는 적당
히 가로막고 적당히 끌어내려도 좋은 그런 관계가 아니다. 사랑
과 존경으로 이어야 할 관계다.

－ 2004

낭군郎君을 보내며 – 女流篇

벼루에 관하여 /姜靜一堂 ; 硯說

벼루硯에는 세 가지 덕德이 있으니, 그 하나는 곧음貞이요, 그 둘은 고요함靜이요, 그 셋은 무거움重이다. 곧으면 유구悠久할 것이요, 고요하면 전심專心할 것이요, 무거우면 불요不撓할 것이다. 그러므로 군자君子가 이를 귀히 여긴다. 하물며 선왕先王의 성은盛恩과 선조先祖의 유택遺澤이 남아 있음에랴.

내 들으니, 너의 조고祖考 기원공杞園公이 교리校理로 입시入侍하셨을 때 정묘正廟께서 이 벼루를 특사特賜하고 이르시기를

"네 직재直齋의 손孫으로 청한淸寒한 집안이다. 부지런히 힘쓰고 또 힘써라."

하셨다 한다. 기원공이 늘 이 벼루를 소중히 쓰시다가 만년晚年에 이르러 너에게 주신 것이니, 네 어찌 공경恭敬하지 않을 수 있겠

느냐?

네가 부자夫子를 좇아 배운 지 이미 여러 해다. 한데 부자는 최근에 회천懷川과 관서關西를 여행하게 되어 너에 대한 가르침을 나에게 맡기셨다. 네 나이 어리고 집안이 가난함으로써 뜻 세움立志이 굳지 못하여 쉬 자포자기自暴自棄한다면, 이는 선조先祖의 뜻에 어긋날 뿐만 아니라 장차 선왕先王의 명命을 저버리는 일이 될 것이다.

네 모름지기 일념一念으로 긍척兢惕하고 흔석昕夕으로 자자孜孜하여 이 세 가지 덕으로써 도끼자루를 삼으면 개연介然하여 유상有常함이 벼루의 곧음과 같고, 밀연密然하여 수렴收斂함이 벼루의 고요함과 같으며, 응연凝然하여 자지自持함이 벼루의 무거움과 같으리니, 이를 좇아 나아감을 말지 않으면 이 연전硯田 중에 날마다 수확收穫이 있을 것이다. - 《정일당유고靜一堂遺稿》

✎ 이 글은 지은이가(가르치는 사람으로서) 한 소년少年, 李敬鉉에게 벼루硯의 세 가지 덕德을 본받으라고 권유勸諭하는 내용이다. 나는 지금 이 글을 읽으며, 지은이의 이 권유로써 나 자신을 비추어 보고 있다.

첫째, 곧음貞에 대하여

곧으면 그 이름이 오래悠久 갈 것이다. 굳게 지켜 변치 않으므로 늘 떳떳할 것이다介然有常. 그렇다면 무엇을 굳게 지킨다는 것인가? 물론 지조志操일 것이다. 사람이 지조를 지켜 변치 않으면 당연히 그 이름이 오래 가지 않겠는가? 나는 지금까지 살아오면서 변절變節 같은 것은 한 일이 없다. 그렇다면 내 이름이 오래 갈까? 그렇지는 못할 것이다. 나는 어떤 고난苦難이 닥쳐도 지켜야할 그런 신념信念이 없었다. 아니, 지금도 내 내면內面에 그런 것이 없다. 지켜야 할 신념이 없는데 거기 무슨 변절이 있겠는가?

둘째, 고요함靜에 대하여

고요하면 전심專心할 수 있을 것이다. 차근차근히 하므로 거두는 바가 있을 것이다密然收斂. 그렇다면 무엇을 차근차근히 한다는 것인가? 물론 공부하고 몸 닦는 일일 것이다. 사람이 차근차근해지면 당연히 학문學問과 수양修養에 마음을 쏟지 않겠는가? 나는 지금까지 살아오면서 참 분주奔走했다. 어느 한 곳에 마음을 쏟을 겨를이 없었다. 먹고살고 아이들 가르쳐 시집 장가 보내고, 삶이 힘들었다. 그러나 나보다 더 어려운 형편인데도 학문을 이룩하고 수양을 쌓은 사람이 많은 것을 보면, 이는 내 성품性品 탓이 아닌가 한다.

셋째, 무거움重에 대하여

무거우면 움직이지 않을不撓 것이다. 행동行動이 단정端正하고 기개氣槪가 있으므로 스스로 지키는 바가 있을 것이다凝然自持. 그렇다면 무엇을 지킨다는 것인가? 확연確然치는 않지만 공부하고 몸 닦는 선비로서의 자존심自尊心이 아닌가 한다. 자존심을 지키는 사람이라면 어떻게 가벼이 움직이겠는가? 나는 지금까지 살아오면서 비굴卑屈한 모습으로 세상과 타협妥協한 일은 없다. 그러나 나에게 돌아올 불이익不利益을 생각하며 해야 할 말이 있어도 입을 다문 일까지 없는지는 확언할 수가 없다. 기개가 없었으니까.

이렇다 할 신념 없이 그럭저럭 살아온 것, 어느 한곳에도 마음을 쏟지 못한 것, 게다가 이런저런 몸조심이나 하며 세월歲月을 보낸 것, 생각하면 이것이 좀 섭섭하다. 다시 태어나도 이렇게밖에는 못 살겠지만.

자, 지은이의 시 한 수 읽고 다음으로 넘어가자. 제목은 〈정부자呈夫子, 남편에게 드림〉. 집안 살림이 어려워 남편이 공부에 전념專念할 수가 없었던 모양이다. 부지런히 공부해서 과거科擧도 보아야 하는데.

이 몸은 재덕才德 없어 부끄럽지만
그래도 바느질은
배웠습니다.
부지런히 힘써서 공부하실 뿐,
그 밖의 집안일은
묻지 마셔요.
妾愧無才德, 幼年學線針.
眞工須自勉, 衣食莫關心.
           — 《靜一堂遺稿》

           — 2004

낭군_{郎君}을 보내며 /金三宜堂;送夫子讀書山堂序

　무릇 공부하는 사람은 모름지기 고요함을 요_要하나니, 고요한 뒤이어야 마음을 가라앉히고, 마음이 가라앉은 뒤이어야 공부에 전념_{專念}할 수 있는 까닭입니다. 그러나 이 시골 촌마을의 글방은 마음을 가라앉힐 곳이 못 됩니다. 야외_{野外}의 성남_{城南}도 공부에 전념할 곳이 못 됩니다. 이런 까닭으로 옛사람 중에는 자리를 가려 글을 읽은 이가 있으니, 백부_{白傅}가 향사_{香社}를 가려 읽고 청련_{靑蓮}이 광려_{匡廬}를 찾아 읽은 것이 바로 그 예_例입니다.

　이제 덕밀암_{德密庵}은 교산_{蛟山} 두 봉우리 사이에 깊이 있어, 경계_{境界}가 청한_{淸閒}하고 연탑_{蓮榻}이 정요_{淨寥}하며 유인_{遊人}이 오르지 않는 곳입니다. 그러므로 마음을 가라앉힐 곳으로 이보다 더 고요한 곳이 없으며, 공부에 전념할 곳으로 이보다 더 편안한 데가 없을 것입니다. 바라옵건대 군자_{君子}께서는 책상자_{冊箱子}를 지고 가셔서 백부와 청련이 지녔던 뜻을 본받으소서. 그러면 군자께서는 그 재지_{才智}로써 오래지 않아 반드시 대성_{大成}하실 것입니다.

　군자께서는 힘쓰소서. — 《삼의당고_{三宜堂稿}》

　✎ 지은이는 같은 해, 같은 달, 같은 날에 태어난 같은 마을 총각에게 시집을 갔다. 두 사람은 집안도 비슷하고 재분_{才分}도 비슷하고 글 짓는 솜씨도 함께 뛰어났다(《삼의당고》에는 두 사람이 주고받은 시문이 여러 편 나란히 실려 있는데 그야말로 쌍벽이다.). 저 전라도

남원南原 땅, 둘의 사랑은 극진極盡도 했다. 참으로 기이奇異한 인연因緣이다.

지은이에게는 평생소원平生所願이 하나 있었다. 남편이 과거科擧에 급제及第하는 것, 그것은 차라리 그녀의 혈원血願이었다. 그리하여 남편이 좋이 독서讀書할 수 있도록 산에도 보내고 견문見聞을 넓히게 서울에도 보냈다. 우리가 위에서 읽은 글은 산으로 보내는 글이다. 거기 드는 돈은 지은이가 머리를 자르거나 반지를 팔아서 댔다. ─ ≪삼의당고≫.

나는 지은이의 시를 좋아한다. 다음은 그녀의 〈도의사擣衣詞, 다듬이질하는 노래〉, 날씨는 추워지는데 남편은 지금 어느 먼 산사山寺에라도 가 있나 보다.

옷이 얇아 추위를
어찌하실까.
어느덧 추석이라 달은 밝은데
겨울 옷 기다리실 내 님 생각에
혼자 앉아 다듬이질
밤이 깊었네.
薄薄輕衫不勝寒, 一年今夜月團團.
阿郞應待寄衣到, 强對淸砧坐夜蘭.　　　　　─ ≪三宜堂稿≫

　　　　　　　　　　　　　　　　　　　　─ 2004

바늘을 제사하는 글/兪氏 ; 祭針文(弔針文)

유세차維歲次 모년 모월 모일某年某月某日에 미망인未亡人 모씨某氏는 두어 자 글로써 침자針子에게 고하노니, 인간人間 부녀婦女의 손 가운데 종요로운 것이 바늘이로되 세상 사람이 귀히 아니 여기는 것은 도처到處에 흔한 바이로다. 이 바늘은 한낱 작은 물건이나 이렇듯이 설워함은 나의 정회情懷가 남과 다름이라. 오호 통재嗚呼慟哉라, 불쌍하고 불쌍하다. 너를 얻어 손 가운데 지닌 지 우금于今 이십칠 년二十七年이라, 어이 인정人情이 그렇지 아니하리오? 애재哀哉라, 눈물을 잠깐 거두고 심신心神을 겨우 진정鎭定하여, 너의 행장行狀과 나의 회포懷抱를 총총悤悤히 적어 영결永訣하노라.

연전年前에 우리 시삼촌媤三寸께옵서 동지사冬至使 낙점落點을 무르와 북경北京을 다녀오신 후에 바늘 여러 쌈을 주시거늘, 친정親庭과 원근 일가遠近一家에게 보내고 비복婢僕들도 쌈쌈이 낱낱이 나눠 쓰고, 그 중에 너를 택擇하여 손에 익히고 익히어 지금까지 해로偕老되었더니, 애재라, 연분緣分이 비상非常하여, 바늘을 무수히 잃고 부러쳐 버렸으되 오직 너 하나를 연구年久히 보전保全하니 비록 무심無心한 물건이나 어찌 사랑스럽고 미혹迷惑지 아니하리오? 아깝고 불쌍하고 섭섭하도다.

나의 신세身勢 박명薄命하여 슬하膝下에 한 자녀子女 없고, 인명人命이 흉완凶頑하여 일찍 죽지 못하고, 가산家産이 빈궁貧窮하여 침선針線에 마음을 붙여, 저것으로 시름을 잊고 생애生涯를 도움이 적지 아니하더니, 오늘 날 너를 영결하니 오호 통재라, 이는 귀신鬼神이

시기(猜忌)하고 하늘이 미워하심이로다.

아깝다 바늘이여, 어여쁘다 바늘이여, 네 미묘(微妙)한 품질(品質)과 특별(特別)한 재치(才致)를 가졌으니 물중(物中)의 영물(靈物)이요 철중(鐵中)의 쟁쟁(錚錚)이라. 민첩(敏捷)하고 날래기는 백대(百代)의 협객(俠客)이요, 굳세고 곧기는 만고(萬古)의 충절(忠節)이라. 추호(秋毫) 같은 부리는 말하려는 듯하고, 두렷한 귀는 소리를 듣는 듯하는지라. 능라(綾羅)와 비단(緋緞)에 난봉 공작(鸞鳳孔雀)을 수놓을 제, 그 민첩(敏捷)하고 신기(神奇)함은 귀신이 돕는 듯하니 어찌 인력(人力)의 미칠 바리요?

오호 통재라, 자식(子息)이 귀하나 손에 놓을 때도 있고 비복(婢僕)이 순하나 명(命)을 거스를 때도 있나니, 너의 미묘한 기질(氣質)이 나의 전후(前後)에 수응(酬應)함을 생각하면 자식에게 지나고 비복에게 지나는지라, 천은(天銀)으로 집을 하고 오색(五色)으로 파란을 놓아 겉고름에 채였으니 부녀(婦女)의 노리개라. 밥 먹을 적 만져 보고 잠잘 적 만져 보고, 너로 더불어 벗이 되어 하지일(夏之日)에 주렴(珠簾)이며 동지야(冬之夜)에 등잔(燈盞)을 상대(相對)하여 누비며 호며 감치며 박으며 공고를 때에, 겹실을 꿰었으니 봉미(鳳尾)를 두르는 듯, 땀땀이 떠 갈 적에 수미(首尾)가 상응(相應)하고 솔솔이 붙여 내매 조화(造化)가 무궁(無窮)하다.

이 생(生)에 백년동거(百年同居) 하렸더니, 오호 통재라, 바늘이여. 금년 시월 초십일 술시(今年十月初十日 戌時)에 희미한 등잔 아래서 관대(冠帶) 깃을 달다가 무심중간(無心中間)에 자끈동 부러지니 깜짝 놀라워라. 아야 아야 바늘이여, 두 동강이 났구나. 정신(精神)이 아득하고 혼백魂魄이 산란散亂하여 마음을 빻아내는 듯, 두골頭骨을 깨쳐내는 듯, 이윽도록 기색혼절氣塞昏絕하였다가 겨우 정신을 차려 만져 보고 이어 본들 속절없고 하릴없다. 편작扁鵲의 신술神術로도 장생불사長生不死 못 하였네. 동네 장인匠人에게 때이련들 어찌 능能히 때일손가? 한 팔을 떼어낸 듯 한 다리를 베어 낸 듯, 아깝다 바늘이여. 가슴을 만져 보니 꽂혔던 자리 없네. 오호 통재라, 내 삼가지 못한 탓이로다.

무죄無罪한 너를 마치니 백인伯仁이 유아이사由我而死라, 누를 한恨하며 누를 원怨하리요? 능란能爛한 성품性品과 공교工巧한 재질才質을 나의 힘으로 어찌 다시 바라리요? 절묘絕妙한 의형儀形은 눈 속에 삼삼하고 특별特別한 품재品才는 심회心懷가 삭막索莫하다. 비록 물건이나 무심치 아니하여 후세後世에 다시 만나 평생 동거지정平生同居之情을 다시 이어 백년고락百年苦樂과 일시생사一時生死를 한 가지로 하기 바라노라. 오호 통재라, 바늘이여.

— 《역대국문학정화歷代國文學精華》

✎ 이 유명한 글을 자세히 살펴보면 몇 가지 결함缺陷이 눈에 띈다. 첫째, 바늘을 받은 것은 〈연전年前〉인데 어떻게 지닌 지 〈우금于今 이십칠 년二十七年〉일 수 있을까?(이 27년은 여인이 그 남편과 함께한 세월을 말함일 것이다. —수필가 최민자의 말) 둘째, 바느질로 생계生計를 잇는 가난한 여인에게 무슨 바늘을 나누어 줄 비복婢僕들이 있을까? 그러나 이런 결함에도 불구하고 그 빈틈없는 구성構成, 그 잘 흐르는

문장文章, 그 뛰어난 묘사描寫 등 이 글은 참 좋은 글이다.

그런데 내가 처음으로 이 글을 읽었을 때 좀 이상하게 생각한 것은, 위에 말한 그런 결함보다도 그 심한 과장법誇張法이었다. 몇 예만 들어 보자.

    ✎ 이 생에 백년동거百年同居 하렸더니, 오호 애재라.
    ✎ 정신精神이 아득하고 혼백魂魄이 산란散亂하여 마음을 빻아내는 듯, 두골頭骨을 깨쳐내는 듯, 이윽도록 기색혼절氣塞昏絕하였다가.
    ✎ 후세後世에 다시 만나 평생 동거지정平生同居之情을 다시 이어 백년고락百年苦樂과 일시생사一時生死를 한 가지로 하기 바라노라.

아무리 〈나의 정회情懷가 남과 다름〉이라 하더라도 바늘 하나 부러뜨리고 기색혼절한다든지 백년이니 동거니 하는 것은 과장도 심한 경우다. 그렇다면 이 과장이 함축한 무슨 의미는 없을까? 이것은 바늘이 여인話者에게 어떤 〈사람〉으로 의인화擬人化되었는가를 살펴봄으로써 밝혀질 수 있을 것이다. 다음을 보자.

    ✎ 어찌 사랑스럽고 미혹迷惑지 아니하리오?
    ✎ 널로 하여 시름을 잊고.
    ✎ 사식에게 지나고 비복에게 지나는지라.

요컨대 여인에게 있어서의 그 〈사람〉은 바로 〈홀린 듯이 사랑스럽고, 그와 함께 있음으로써 모든 시름을 잊을 수 있으며, 귀하

기로는 자식보다 더하고 뜻을 따라 줌에는 비복보다 나은 존재〉
다. 그럼 그는 누구일까? 백년동거, 평생 동고지정, 백년고락, 일
시생사, 그는 곧 여인의 남편이다. 이런 남편이 죽었을 때 기색혼
절하지 않을 여인이 있을까?

이 글은 부러진 바늘에 의탁依託하여 죽은 남편을 제사하는 글
이다. 이렇게 생각하고 보면, 그 과장은 오히려 죽은 남편을 마주
한 한 여인의 절망絕望하는 모습을 사실적寫實的으로 그려낸 것이
라고 할 수 있다.

- 2004

한 수필가의 짧은 이야기

인쇄 / 2005년 10월 25일
발행 / 2005년 10월 30일

지 은 이 / 정 진 권
펴 낸 이 / 서 정 환
펴 낸 곳 / 수필과비평사

출판등록 / 1984년 8월 17일 제28호
주   소 / 서울시 종로구 익선동 30-6
             운현신화타워 빌딩 2층 208호
전   화 / (02) 3675-5633
팩   스 / (02) 3675-5635
전자우편 / shina@shin-a.co.kr
             shina321@chol.com

값 9,000원

ISBN 89-5925-085-6   03810

■ 저자와 합의, 인지는 생략합니다.
■ 잘못된 책은 바꿔드립니다.